그대들의
고민으로부터

진정한 직업(occupation)을
갈망하는

그대들의
고민으로부터

박수향 지음

좋은땅

인스타그램에서 '작업치료 고민상담소' 계정을 운영하며
작업치료사 선생님들께서 보내 주신 고민들을 토대로
저자의 개인적인 에피소드를 풀어낸 책입니다.

해답보다는 밝고 어두웠던 순간들을
함께 공유하는 것에 의미를 두었습니다.

책의 첫 페이지를 넘겨 주셔서 고맙습니다.

목차

프롤로그   *8*

PART 1

작업의 시작_____

첫 출근   *12*

작업치료사   *17*

라포 형성   *20*

터닝 포인트   *25*

나 홀로 대학원생   *29*

PART 2

작업의 이유_____

양이냐 질이냐   *34*

첫 직장과의 이별   *39*

분야 전향   *43*

보호자 상담   *48*

바쁨보다 소중한 것들   *52*

PART 3

작업의 불균형 _____

건강상태   *58*

공백   *63*

성공과 행복   *70*

콤플렉스   *77*

나이   *80*

침묵   *84*

PART 4

작업의 조절 _____

재취업   *90*

사투리   *95*

이상과 현실   *99*

연구원   *103*

워라밸   *108*

PART 5

작업의 균형 _____

진로고민   *114*

적응   *117*

인연   *121*

온전한 휴식   *125*

인생 제2막   *130*

프롤로그

―――――――

"타지에서 근무하고 있는데 너무 외롭고 힘들어요.

본가로 돌아가고 싶어요. 포기해야 할까요?"

꽤나 어두운 하루의 연속이었다. 따뜻한 위로 속에서도 내 방의 어둠은 그칠 줄 몰랐다. 처음으로 세상에 혼자 덩그러니 남겨진 여름이었다.

무언가 잘못되었다고 생각한 지는 오래되었다. 하지만 돌아설 수 없었다. 나의 목표이자 부모님의 기대는 별것 아닌 '오늘 하루 견딤'으로부터 차츰 이루어지는 것이라 생각했다.

"힘들었던 사람 눈에는 힘든 사람이 보여요. 충분히 힘들고 많이 지친 것 같은데 건강 챙기면서 해요."

그대들의 고민으로부터

"세상에 나쁜 어른들만 있는 것은 아니에요. 응원해요."

이제야 나아감을 위해 오늘 하루 견딤으로 단순히 세모지게 접어 두었던 따뜻함을 하나씩 꺼내어 본다. 10년이 지난 그때를 회상하며 가장 크게 요동치는 그리움이라는 감정을 통해 그간 나의 선택이 잘못되지만은 않았음을 깨닫는다.

그 누구도 탓할 수 없는 고집스런 나의 선택으로 나는 방황의 한때를 겪어내야 했다. 원망의 화살은 매번 어김없이 나를 겨누었다. 어둡고 차디찬 10평 남짓 단칸방으로 돌아가는 걸음마다 앞으로의 걸음걸음이 두렵게만 느껴졌다.

매 순간 멈칫했던 나의 걸음은 같은 방향을 걸어가는 그들과의 동행으로부터 추진력을 얻었다. 동행이 시작된 시점부터 두려움은 용기로, 견딤은 나아감으로 나를 따뜻하게 감싸 주는 보호막이 되었다.

"같이 하자."

"같이 갈래?"

"같이 고민해 보자."

그 어떤 조언과 위로보다 같이의 가치를 값지게 느꼈던 순간들. 그때부터였던 것 같다. 누군가의 어려움을 보거나, 누군가가 도움을 요청했을 때 "같이 해요.", "같이 가요.", "같이 고민해 봐요."라고 대답한 것이.

살아가며 혼자서는 절대 감당할 수 없는 일과 마주하기도 하고, 소생이 어려울 만큼 큰 흔들림을 겪을 때도 있다. 이러한 나의 위태로움을 나보다 먼저 알아차릴 이는 없으며, 누군가에게 현재의 위태로움을 털어놓는 것만큼 다행스러운 일도 없다.

나는 누군가의 위태로움을 다행스러움으로 감싸 주고 싶었다. 따뜻한 그들의 다독임으로 10년간의 망망대해에서 길을 잃지 않았던 그때를 회상하며 오늘의 나는 그대들과 함께 그대들의 고민을 나눈다.

"그대들의 고민을 함께 나누고 함께 고민해 드리겠습니다."

PART 1

작업의 시작

말보다 깊이 있는 것들을
오래도록 바라보아야 할 이유가 무수히도 많다.

첫 출근

"첫 출근하고 펑펑 울었어요. 저 잘할 수 있을까요?"

정돈되지 않은 낯선 방과 변변치 않은 이부자리가 온몸에 긴장을 더하고 창밖으로 보이는 칠흑 같은 어둠에 쉽사리 눈을 붙일 수 없었다. 최대한 밝게 불을 켜고 이리저리 방향을 바꿔 가며 머리 둘 방향을 정했다.

창가 쪽으로 머리를 두니 가구 하나 없는 휑한 방에 나 혼자 덩그러니 놓여 있는 느낌이 들어 좋지 않았고, 창가를 바라보는 방향으로 머리를 두니 불빛 하나 없는 캄캄한 밤이 무섭게 느껴졌다. 결국 애매모호하게 왼쪽에는 싱크대가, 오른쪽에는 창가가, 정면에는 벽이 보이는 위치에 머리를 대고 누웠다. 도무지 잠이 들지 않아 내일 출근 복장을 정하고 캐리어에 담아온 짐을 정리하기로 했다.

다행히 여름이라 보름 정도 입을 수 있는 옷가지들을 챙겨와 선택의 가짓수가 많았다. '첫 출근이니 깔끔하게 입어야겠다.' 싶어 카라티와 청바지를 챙기고 남은 짐을 꼼꼼히 정리했다(지금 생각해 보면 웃음이 나올 만큼 정직한 복장이었다).

어느덧 새벽 4시가 되었다. 긴장한 탓인지 정확히 2시간을 자고 벌떡 일어났다. 출근 시간이 한참 남았는데도 불구하고 그 어느 때보다 빠릿빠릿하게 샤워를 마쳤다. 샤워를 마치고 나니 미친 듯한 두려움이 밀려오기 시작했다.

'아, 나 진짜 잘할 수 있을까?'

한 시간쯤 여유 시간이 생겨 폰을 켜 보니 엄마가 보낸 메시지가 와 있었다.

"우리 딸, 잠은 잘 잤어? 파이팅. 오늘 마치고 전화하자."

"응, 고마워. 마치고 전화할게. 엄마, 나 잘 하고 올게."

사실은 고맙다는 말보다 "엄마, 나 잠 한숨도 못 잤어. 방이 너무 무서웠어. 오늘 출근도 너무 걱정돼. 그냥 지금이라도 부산으로 돌아갈까?"라고 말하고 싶었지만 나보다 나를 더 걱정하고 있을 엄마를 너무나도 잘 알기에 하고팠던 말들은 마음속에 고이 접어 두었다.

드디어 첫 출근을 했다. 아직 내 이름이 박힌 유니폼이 나오기 전이라 퇴사한 선생님이 두고 간 옷으로 갈아입었다. 어제까지 상상했던 당당한 신입 선생님의 모습은 온데간데 없고 누가 봐도 첫 출근한 사람처럼 어색한 민낯으로 데스크에 앉아 있었다. 너무 어색해서 무슨 일이라도 빨리 하고 싶은 심정이었다.

옵저(observation) 없이 바로 10타임이 배정되었다. 30분에 한 분씩 새로운 클라이언트를 만날 때마다 나는 더욱더 작아졌다. 이론적으로 배운 것들, 1,000시간을 실습하며 보고 경험한 것들은 정말 놀라울 만큼 하나도 기억나지 않았다. 모든 선생님들이 나만 관찰하는 것 같은 느낌이 들었고, 등과 이마에서는 식은땀이 줄줄 흘렀다.

20살 이후 가장 길었던 나의 8시간도 어찌어찌 흘러갔다. 같은 동네에 살고 있던 팀장님, 선임 선생님 한 분과 함께 카풀(car pool)로 출퇴근을 하기로 했다. 퇴근길에 이런저런 이야기를 나누었는데 그때까지도 긴장감이 풀리지 않아 무슨 말을 하고 있는지도 모를 지경이었다.

"어차피 집에 가도 같이 밥 먹을 사람도 없는데 치킨에 맥주나 마시자. 내가 사 줄게."라며 출근 첫날부터 팀장님께서 치맥 제안을 하셨다. 속으로는 '내일 치료 계획도 세워야 하고 택배 정리도 해야 해서 저는 먼저 가 보겠습니다.'라고 말하고 싶었지만 이미 "네, 좋아요."라고 대답한 후였다(지금은 첫날이라 많이 긴장하고, 집으로 돌아가도 딱히 챙겨 먹을 것도 없어 보이는 나를 보듬어 주신 팀장님께 정말 감사하다).

치맥을 먹고 자정이 다 되어서야 진정한 퇴근을 했다. 9시부터 자정까지 근무한 느낌이었다. 집에 들어오니 얼마나 긴장을 했는지 다리에 힘이 풀려 신발장에 푹 주저앉았다. 힘들지 않은 처음은 없다지만 오늘 하루만큼은 세상에 나보다 힘든 사람은 없을 것이라는 생각이 들었다. 그렇게 한 달은 견딜 수 있을지 걱정스러웠던 첫 직장에서 4년 차까지 근무하며 목표를 향해 한 걸음 한 걸음 나아갔다. 오늘날의 내가 처음을 겪어 낸 순간들을 소중하고 아름다운 장면으로 추억할 수 있어 참으로 다행이다.

"너의 힘들었던 오늘은 10년 후 너에게 좋은 추억으로 남아 있을 거야. 힘내. 오늘 정말 잘 했어. 앞으로도 잘할 수 있을 거야. 너무 걱정 마."

작업치료사

"제가 담당하는 클라이언트의 기능만 제 자리인 것 같아요.

제가 잘 못하고 있는 걸까요?"

두렵고 무서웠다. 누군가의 인생에 영향을 미치는 일이.

뿌듯하고 행복했다. 그들의 인생을 변화시킬 수 있는 일이.

작업치료사는 선천적 혹은 후천적으로 정신적 · 신체적 장애를 가진 클라이언트가 (남아 있는 기능 내에서) 최대한 독립적으로 살아갈 수 있도록 가이드 하는 역할을 한다. 작업치료를 통해 클라이언트는 장애를 가진 상태에서도 본인이 원하고, 필요로 하는 활동들을 수행하며 의미 있고, 가치 있는 삶을 영위할 수 있게 된다.

작업치료사가 가이드 하는 방향에 따라 '할 수 없음'이 '도전해 볼 만함'이 되기도 하고, 반복을 통한 기술의 습득 혹은 환경과 도구의 변화에 따른 적응으로 '할 수 있음'이 되기도 한다.

할 수 없음을 할 수 있음으로 만드는 과정에서 가장 중요한 것은 '하고자 하는 마음(동기;motivation)'이 들게 하는 것이다. 따라서 작업치료사는 하고자 하는 마음을 이끌어내는 것에서부터 치료를 시작한다.

급성기의 클라이언트가 주 대상인 치료 세팅에서는 기능적 회복에 많은 초점을 맞추어야 한다. 하지만 대부분의 임상 환경에서는 발병일(onset)이 수개월~수년 이상인 만성 클라이언트를 치료하게 된다. 이는 기능적 회복보다 장애를 가진 상태에서 원하는 활동에 독립적으로 참여할 수 있도록 기술을 훈련시키는 것, 기능이 회복되지 못하더라도 보조도구의 사용·환경의 변화 등을 통해 활동에 참여할 수 있도록 하는 것이 비교적 중요하다는 것을 의미한다.

나도 저연차 때는 기능적 회복에만 국한된 임상적 고민을 했던 것 같다.

'왜 클라이언트의 손기능이 좋아지지 않을까?'
'정말 열심히 치료하는데도 왜 클라이언트의 기능은 제자리일까?'

지금 생각해 보면 고민의 포인트 자체가 잘못되었던 것이다. '작업치료사'는 '기능치료사'가 아니다. 여전히 제자리인 '기능'을 고민할 것이 아니라 제자리에 놓인 기능을 가지고, 혹은 잔여 기능을 가지고 어떻게 작업에 참여시킬 것인가를 고민해야 한다. 그들이 현재의 상태에서 의미 있는 무언가에 더 쉽게, 더 자주 참여할 수 있도록 말이다.

"작업치료사는 기능이 아닌 작업을 중재하는 사람입니다."

라포 형성

"클라이언트가 마음의 문을 열지 않아 너무 힘들어요.

어떻게 하면 친해질 수 있을까요?"

1년차 때 만난 클라이언트 중 가장 힘들었던 클라이언트는 조영환 님(가명)으로 치료 시간 내내 아무 말씀도 하지 않는 분이셨다. 어느 시점부터 그분을 만날 시간이 다가오면 극도로 긴장하기 시작했다.

'오늘은 어떤 질문을 드려 볼까?'

'오늘도 아무 말씀 안 하시겠지.'

'시간이 빨리 흘러갔으면 좋겠다.'

시간이 흘러감에 따라 불편함은 배가 되었고, 담당치료사로서 책임감 없는 생각들만 머릿속에 구구절절 늘어놓았다. 이 상황을 어떻게 풀어 나가야 할지 고민은 점점 깊어져만 갔다.

날씨가 정말 화창하고 하늘이 맑았던 어느 날, 출근하면서 부터 조영환 님이 떠올랐다. '오늘은 산책 가자는 나의 제안을 받아주셨으면 좋겠다. 분명 기분 전환이 되실 텐데…' 평소 너무 많은 거절을 당했던 터라 큰 기대 없이 조영환 님의 타임을 기다렸다.

"조영환 님, 오늘 제가 출근하는데 날씨가 너무 좋더라고요! 같이 산책 한 번 가실까요?"
"(비교적 큰 소리로) 응."

예상치 못한 조영환 님의 긍정적인 답변에 모든 시선이 우리 쪽으로 집중되었다. 왠지 모르게 어깨가 으쓱해졌고, 두 달여간 쌓였던 긴장감과 불편함이 싹 풀리는 느낌이었다.

산책을 하며 나도 모르게 조영환 님께 나의 고민을 털어놓았다. 어째서인지 이런저런 이야기를 털어놓아도 될 것만 같은 편안함이 느껴졌다.

"저 부산 사람인 거 아시죠? 제가 참… 어쩌겠다고 이 먼 나주까지 와서 타지 생활을 하고 있는지… 분명 잘할 수 있을 것 같았는데 요즘 너무 힘들고 우울하네요. 어떻게 하면 예전처럼 밝게 생활할 수 있을지 고민이에요."

"사는 게 다 힘들어. 쉽지가 않아. 힘내."

단답을 듣기도 힘들었던 분에게 힘내라는 위로를 받으니 당장이라도 눈물이 쏟아질 것 같았다. 산책을 하며 처음으로 조영환 님의 가족 이야기, 살아온 이야기를 들을 수 있었다. 그날을 기점으로 나에게 먼저 인사를 건네 주시기도 하고 "오늘은 밖에."라며 산책 가고 싶은 마음을 표현해 주시기도 했다.

어느 날, 핸드폰을 꺼내시더니 "나 딸한테 전화 좀 걸어

줘." 하셔서 전화를 걸어 드렸다. "여보세요? 나다." 하고서는 아무 말씀도 하지 않으셨다. 수화기 너머로 "아버지! 여보세요?"라는 소리가 반복해서 들렸다. 끝없는 침묵에 양해를 구하고 핸드폰을 전달받아 보호자분께 상황을 설명드리고 전화를 끊었다.

"왜 따님께 아무 말씀도 안 하셨어요?"

"말을 못 하겠어."

"무슨 말씀을 하고 싶으셨어요? (5분 정도 침묵 후) 종이랑 펜 가져다드릴게요. 하고 싶은 말씀 적어 주세요."

옥란아 아빠가 사랑한다

"핸드폰 문자로 따님께 메시지를 보낼 수 있는데 같이 보내 보시겠어요?"

"못 해."

"저랑 같이 해 보시면 되죠! 따님도 메시지 받으시면 너무 좋아하실 것 같아요! (침묵하셨지만 부정 안 하심)"

그날 이후 조영환 님과 문자 쓰는 법을 연습했고, 한 달 후 따님께 '옥란아 아빠가 사랑한다'라는 메시지를 작성하여 보냈다. 곧장 따님으로부터 전화가 걸려왔다.

"(엉엉 우시며) 정말 우리 아버지가 저한테 사랑한다고 말씀을 하셨어요? 너무 감사합니다. 아버지 좀 바꿔 주실 수 있나요? (수화기 너머로) 아버지 정말 고마워요."

"응. 그래."

집에 와서 곰곰이 생각해 보니 조영환 님께서 치료를 받고 돌아가시는 길에는 언제나 나의 눈을 지그시 바라봐 주셨던 장면이 떠올랐다. 언어적인 소통에만 의미를 두며 직접적인 섭섭함을 표현하기도 했던 날들이 너무나도 부끄럽게 느껴졌다. 말보다 깊이 있는 것들을 오래도록 바라보아야 할 이유가 무수히도 많다.

터닝 포인트

"치료에 대한 부담감이 너무 커요.

치료 방향에 대한 터닝 포인트가 있으셨나요?"

나의 첫 직장은 입사 당시 작업치료사 5명, 물리치료사 9명이 근무하는 재활요양병원이었다. 우리 병원의 특이점은 재단 한곳에서 운영하는 3개 병원이 한 장소에 위치해 있다는 점이었다. 3개 병원의 병상을 합하면 1,000병상이 넘는 큰 규모의 병원이었다. 시골에 위치해 있었지만 병상 수만큼 다양한 케이스를 볼 수 있었고 원예 활동, 산책 활동 등 노인군 대상으로 작업치료를 제공하기에 최적의 공간이었다(외상 환자는 거의 없었으며, 정신과 환자들도 간혹 외래로 볼 수 있었다). 그곳에서 나는 예상보다 빨리 '진짜 작업치료'와 마주할 수 있었다.

2년차가 되던 해 대학 임용에 합격하신 팀장님이 퇴사하시고, 비슷한 시기에 개인 사정, 결혼 후 출산 준비로 선임 선생님들이 퇴사하셨다. 어쩌다 보니 2년차 2명이 작업치료실을 책임지게 된 것이다. 아직 배워야 할 것이 무수히 많은 2년차였다. 한 번에 입사한 1년차 선생님 3명과 우리 치료실을 어떻게 이끌어 나가야 할지 막막했다.

나 자신의 행위에도 확신이 없던 그때였다. 후배 선생님들에게 나쁜 영향이 될까 두려운 마음으로 하루하루를 보냈다. 열 번의 말보다 제대로 된 한 번의 행동을 보여 줌으로써 그들에게 좋은 영향이 되어 주고 싶었다. 석사학위 과정, 학회 임원 생활을 하며 정신없는 와중에도 주말을 반납하고 전국 방방곡곡 교육을 다녔다(2014년부터 2016년까지 14개의 교육을 이수했다).

임상에서 나의 터닝 포인트가 되어 준 교육은 2014년에 이수한 AMPS(Assessment of Motor and Process Skills) 교육이었다. AMPS 교육을 듣고 클라이언트 케이스를 준비하며 나는

'아, 여태껏 제대로 된 작업치료 서비스를 제공하지 못했었구나, 나의 접근 방법에도 오류가 있었구나.'라고 생각하며 끝없는 자기반성을 했다.

2014년 10월 24일 자로 AMPS 인정평가자(calibrator)가 되었다. 기존에 담당했던 클라이언트를 포함하여 작업 기반 인터뷰를 다시 진행한 후 중재를 제공했다. 선생님들과 작성하던 케이스 형식도 우리의 임상 환경에서 제공 가능한 작업 기반 형식으로 수정·보완하였고, 케이스 자료는 연말에 책으로 엮어 필요할 때마다 살펴볼 수 있도록 했다.

AMPS 교육을 듣기 전과 후의 가장 큰 차이점은 '클라이언트를 바라보는 시선'이었다. 그들의 어려움을 단정 짓기보다 그들의 어려움을 듣는 자세를 가지게 되었고, 어려움에 대한 원인을 무조건적인 객관적 평가로 판단하기보다 그들의 답변을 통해 풀어 나가는 방법을 선택하게 되었다.

사회생활을 하다 보면 뜻하지 않은 계기로 너무나 무거운 짐을 짊어지기도 하고, 그것으로 인해 다가오는 내일이 반갑지 않은, 그런 하루하루를 맞이하기도 한다.

촘촘히 계획했던 일들의 결과가 앞이 보이지 않을 만큼 어두울 때도 있고, 오만 투정을 부리며 대충대충 풀어 나갔던 일이 나의 앞을 환하게 비춰 줄 때도 있다. 그런 의미에서 우리가 겪는 모든 순간은 '배움'이자 '터닝 포인트'가 될 수 있다고 생각한다.

2년차 작업치료사가 얼떨결에 짊어졌던 무거운 짐은 오늘날 9년차 작업치료사가 감당해 내야 할 여러 종류의 짐을 아주 적절한 무게로 조절해 준다.

나 홀로 대학원생

"대학원을 다니고 있는데 지도교수님 이외에 다른 사람들의
피드백을 묻고 의견을 받을 곳이 주변에 없네요.
혹시 질문 드려도 될까요?"

파도 파도 끝이 없는 우물 같았다. 타지생활의 외로움과
맞서 싸우며 우물에서 퍼 올리려 한 것이 무엇인지 이따금
씩 회의감이 드는 날이면 시작을 후회하는 못난 인간이 되
었다. 같은 일을 매일 반복하면서도 버거움에 지쳐 허우적
거렸다.

'나는 왜 이 일을 내려놓지 못할까?'

사실 내가 내려놓지 못한 것은 '일'이 아닌 '나를 향한 기대
와 믿음'이었다. 여태껏 뒷바라지 해 주신 부모님과 앞이 보

이지 않았던 길을 차츰차츰 열어 주신 교수님들, 그리고 언제나 계산 없이 나를 응원해준 친구, 선배, 후배들의 기대와 믿음, 그것을 어찌 저버리겠는가. '간절하게 하고자 했던 일'이 '기대와 믿음을 저버리지 않기 위해 하는 일'로 변질되었던 그 시점부터 나는 큰 폭으로 흔들리기 시작했다.

　"지금 정말 힘들어."
　"이건 어떻게 해야 하지?"
　"괜찮은 것 같아?"

　같은 배를 타고 잔잔한, 때로는 거센 흔들림의 순간을 공유할 수 있는 누군가를 기약 없이 기다렸던 순간들. 셀 수 없는 흔들림 속에서 그토록 바랐던 것은 나와 같은 상황에 놓인 딱 한 사람을 마주하는 것, 바로 그것이었다.

　우여곡절 끝에 처참한 몰골로 기나긴 항해를 마치고 나와 같은 길을 항해하는 누군가를 마주했다. 나는 그들에게 항해의 기술이 아닌 '안전하게 항해하는 법'을 알려 주었다.

　　　　　　　　　　　그대들의 고민으로부터

"안전하게 항해하지 않으면 잔잔한 파도에도 휩쓸릴 수 있거든. 천천히, 안전하게 너의 목적지까지 도달할 수 있기를 바라. 화려한 조종 기술이나 놀랍도록 빠른 속도로 부러움의 시선을 받기보다 네가 너의 항해에 대해 만족하고 인정할 수 있기를 바라."

누구에게나 마음속에 한 가지 열망쯤은 품고 산다. 열망의 결과가 '다행'이 되느냐, '후회'가 되느냐는 과정 속의 내가 결정한다. 열정 속에서 그 일을 즐겼다면 다행을, 욕심 속에서 그 일을 즐기지 못했다면 후회를 맞이하게 될 가능성이 높다. 나와 같은 길을 항해하는 그 누군가가 열정 속에서 안전한 항해를 마무리할 수 있길 바란다.

PART 2

작업의 이유

'건강을 잘 챙길 것,
가족을 비롯한 소중한 사람들을 잘 보살필 것'
어떤 일이 있어도 1순위로 해야 할 일들. 익숙함에 속아
소중함을 잃지 말아야 할 것을 다시 한 번 되새겨 본다.

양이냐 질이냐

―――――――――

"병원 원장님이 작업치료실을 무시하는 것 같아요.

선생님도 이런 경험이 있으셨나요?"

 재활 원장님(이하 '원장님' 혹은 '그')이 새로 오시면서 주 1회 케이스 스터디를 진행하게 되었다. 스터디는 작업치료사 1명, 물리치료사 1명이 각각 케이스 발표를 한 후 원장님의 질의에 답변하는 형식으로 진행되었다(명칭은 재활치료실 케이스 스터디였지만 사실상 '치료 진행 상황 보고'에 가까웠던 것 같다).

 우리는 케이스 발표가 있을 때마다 '기능적 향상'에만 초점이 맞추어진 원장님의 질의를 받아야만 했다. 예를 들면 관절가동범위가 몇 도 향상되었는지, 근력은 얼마나 좋아졌는지, 근긴장도는 얼마나 감소되었는지. 작업(occupation)의 질과 수행 정도는 언제나 그의 관심 밖이었다.

만성의 클라이언트에게도 회복적(기능적) 접근을 배제할 수 없지만 병원의 특성상 대상군이 워낙 고령인 데다 발병일이 5년 이상인 클라이언트가 90% 이상이었으므로 회복적 접근보다는 보상적·습득적·교육적 접근을 하는 것이 적합하다고 판단했다. 그 이유는 기능적 향상을 기대할 수 없다 할지라도 어떤 보조도구를 적용하느냐에 따라, 어떤 기술을 사용하느냐에 따라, 누구의 가이드를 받느냐에 따라 작업의 질과 수행 정도가 긍정적으로 변화할 수 있기 때문이다.

그는 항상 치료사들에게 '치료의 질'을 강조하며 본인의 철학에 따라와 줄 것을 요구하였다. 치료사가 본인의 요구에 따라 치료 서비스를 제공하지 않을 경우 클라이언트를 원장실로 불러 본인이 직접 치료서비스를 제공하기도 했다. 그를 보며 본인의 역할(role)을 깊이 이해하고 행동하는 것이 얼마나 중요한 일인지 몸소 깨닫게 되었다.

2015년 2월 28일(우리는 이날을 228 대란이라 불렀다), 우리는 그의 어처구니없는 통보에 분노하지 않을 수 없었다. 통보의 내용은 다음과 같았다.

1) 작업치료실 신환을 모두 복합작업치료(complex, 10분 이상~30분 정도 치료) 오더(order)로 받을 것

2) 기존 특수작업치료(special, 30분 이상 치료), 연하장애재활치료(Rehabilitative Dysphagia Therapy, 30분 이상 치료) 오더를 모두 복합작업치료 오더로 변경할 것

그가 왜 이러한 의견을 내었는지 따져 보니 '모든 오더를 복합작업치료 오더로 변경하여 1명당 치료를 10분씩 제공하면 한 타임(30분)에 3명을 치료할 수 있고, 그렇게 되면 치료실의 수익이 수직상승할 것'이라는 논리 때문이었다. 매일같이 치료의 질을 강조하며 치료사들을 압박했던 그가 한 타임에 3명을 치료하라니, 너무 큰 모순이 아닌가.

치료사들의 반란에 치료시간이 끝난 후 긴급회의가 소집

되었다. 그가 우리를 바라보며 말했다.

"이렇게 하지 못하겠으면 이 병원을 나가세요."

그렇다. 우리는 그렇게 할 수 없었다. 우리는 애정하는 치료실이 돈벌이 수단으로만 이용되는 것을 차마 눈 뜨고 볼 수 없었다. 이 사건을 계기로 우리는 갑작스러운 사직서를 제출하게 되었다. 이 소식을 접한 대표원장님의 면담이 이루어졌다. 우리는 그간 그가 우리에게 행한 만행과 불편을 낱낱이 토로했다.

그는 전형적인 강약약강형(강한 사람에겐 약하고, 약한 사람에겐 강한) 인간이었다. 대표원장님께 꾸지람을 듣고는 곧장 우리에게 달려와 미안함을 전했다. 더불어 "2월 28일에 통보한 내용들을 없던 일로 할 터이니 사직서를 회수해 달라."라며 간곡히 부탁하였다.

이 일을 계기로 원장님은 우리가 치료실을 얼마나 아끼고,

사랑하는지 알게 되었다고 했다(여전히 '왜 그렇게 극단적인 방법으로 우리를 시험에 들게 했을까?'라는 의문이 든다). 이후 그는 치료사들의 치료를 터치하지 않았고, 치료 스케줄 관리도 오로지 치료사들에 의해 운영할 수 있게 되었다.

아직도 가끔 그때 그 사건이 떠오른다. 그 순간은 마치 하늘이 준 큰 행운 같다. 양을 쫓는 사람은 질을 쫓는 사람을 당해 낼 수 없다는 사실을 스물다섯 어린 나이에 알게 되었으니 말이다.

그대들의 고민으로부터

첫 직장과의 이별

"지금 직장이 좋기는 한데 제가 너무 안주하는 느낌이 들어요.

큰 변화가 필요할 것 같은데 어떻게 생각하세요?"

1년차부터 4년차까지 정확히는 3년 3개월을 첫 직장에서 근무했다. 8시 30분까지 출근하여 치료실 세팅을 마치면 약 10~15분간의 커피 브레이크 타임이 주어졌다. 열댓 명의 치료사들이 모여 이런저런 이야기를 나누는 시간이었는데 첫 출근 후 100일간은 이 시간이 너무나도 곤혹스럽게 느껴졌다.

20년차가 넘는 실장님, 10년차가 넘는 고연차 선생님들은 스물셋의 나에게 너무나도 높고 큰 벽처럼 느껴졌다. 간혹 실장님이 나를 향한 질문을 하실 때면 얼굴이 벌게져 말을 얼버무리기도 했다.

남의 집에 몰래 들어온 것 마냥 눈치가 보였던 직장이 내 집처럼 편안해지는 데까지는 꼬박 1년 정도가 걸린 것 같다. 누구 하나 내 곁에 남지 않을 것 같았던 그곳에서 지금까지 나를 믿고 응원해 주는 많은 인연들을 만났다.

그들의 무한한 응원을 받으며 나는 차근차근 내 꿈을 이뤄 나갈 수 있었다. 실장님은 항상 우리에게 이렇게 말씀하셨다.

"내가 도와줄 테니까 강의 의뢰 들어오면 무조건 가야~"

실장님의 배려로 나는 석사를 졸업하고 박사 학위를 시작하면서부터 주 8시간 강의를 나갈 수 있게 되었고, 그 덕분에 임상, 대학원, 학회 임원, 강의 경력을 동시에 쌓을 수 있게 되었다.

학교 강의를 나가게 되면서 나는 내가 잘 알고 있는 것들과 부족한 것들에 대해 다시 한번 짚어볼 수 있었다. 희한하게도 잘 하는 것에 비해 나의 부족은 나에게 더욱 크게 부각되었다.

강의를 하다 보면 노인, 성인, 소아 파트 구분 없이 정보를 전달해야 할 때가 많다. 한데 소아 파트의 경력이 없다 보니 나 자신도 깊게 이해하지 못한 내용들을 전달해야 하는 경우가 빈번했다. 불현듯 잘 알지도 못하는 내용을 누군가에게 '잘 아는 척' 전달하는 것에 대한 회의가 밀려오기 시작했다.

학기가 끝날 때 즈음 '내가 첫 직장에서 너무 한 분야(노인·성인)에만 안주하고 있는 것이 아닐까?', '단지 공부하기 편해서, 강의 나가기 편해서 내가 이 직장에 몸담고 있는 것이 아닐까?', '발전 없이 이렇게 나이 들어 가는 것이 아닐까?'라는 조바심이 들었다. 그때부터 나는 4년차까지 차곡차곡 쌓아 이루어낸 안정감 있는 생활을 '안주'로 착각하기 시작했다.

안타깝게도 착각은 빠른 시일 내 행동으로 옮겨졌다. 학기가 끝날 무렵 나는 소아 파트로 이직을 하게 되었다. 새로운 직장에 첫발을 내디딘 날, 나는 내가 느낀 안주가 안정을 갈구했던 한 시점의 끝없는 노력의 산물이었다는 것을 알게 되었다.

"지금 직장에서 너무 안주하는 느낌이 드는데 어떡하지?" 라고 물어보는 행인이 있다면 이렇게 답해 주고 싶다.

"출근 첫날, 그리고 너의 1년차 때를 떠올려 봐. 지금의 안정과 편안을 느끼기 위해 얼마나 많은 노력을 했었는지. 지금 느끼는 감정이 안주의 존재가 아니라 또 다른 무언가를 시작할 수 있게 하는 '안정'의 존재가 되어 줄 수도 있잖아. 진지하게 다시 한번 고민해 보면 어떨까?"

분야 전향

"병원에서 성인 작업치료를 하고 있는 작업치료사입니다.
성인에서 소아로 분야 전향을 하고 싶은데 많이 힘들까요?"

4년차에서 5년차로 넘어갈 무렵 나는 노인·성인치료 파트에서 소아치료 파트로 분야 전향을 했다. 그간 쌓은 경력을 바탕으로 어렵지 않게 소아치료에 적응할 수 있을 것이라 자신했다. 출근 첫날 나는 3명의 아동을 치료했다. 지금까지도 생생한 그날의 기억을 떠올려 본다.

✓ 첫 번째 타임 : 치료실 문을 닫자마자 '엄마~~아'를 부르며 속수무책으로 우는 아이
✓ 두 번째 타임 : 천장을 보며 감당할 수 없을 만큼 빙글빙글 도는 아이

✔ 세 번째 타임 : 치료 도중 치료실 밖으로 뛰쳐나가 엄마 뒤로 숨어 버린 아이

사전에 아동들의 평가 결과와 구체적인 상태를 전달받아 논문과 전공서적들을 바탕으로 꼼꼼하게 치료 계획을 작성하였는데도 불구하고 모든 것이 무용지물이었다. 단 하나의 활동도 제대로 적용해 보지 못하고 갑작스러운 상황에 진땀을 흘리며 첫째 날을 마무리했다.

둘째 날, 출근이 막막해졌다. 막막함의 가장 큰 원인은 '많은 아이들을 만나 보는 방법 이외에는 지금 내가 할 수 있는 것이 하나도 없겠구나.' 하는 마음 때문이었다.

학생 때부터 "성인치료하다가 소아치료하려면 진짜 힘들어."라는 이야기를 참 많이 들었다. 학생 때는 단지 소아 평가 방법이 복잡하고, 연령별 발달단계를 비롯한 많은 분량의 내용을 공부해야 하기 때문이라고 생각했다.

경험해본 바 소아치료가 힘든 진짜 이유는 전공지식으로 해결할 수 없는 수많은 상황들이 발생한다는 것이었다. 그것은 경험의 축적만이 해결할 수 있는 일들이었다. 하지만 나에겐 당장 내일 치료해야 할 아이들이 기다리고 있었다. 낙심할 시간은 없었다. '지금 당장 경험을 축적할 수 없으니 경험을 축적한 사람들의 이야기를 듣자!'라는 결론을 내리고 곧장 실행에 옮겼다.

소아치료를 하고 있는 선배·동기·후배들에게 SNS(Social Network Service)와 유선상으로 궁금한 점을 물어 그들의 경험을 공유 받았다. 나의 질문은 크게 두 가지였다.

1) 소아치료를 하며 당황했던 상황과 그 상황을 어떻게 해결했는지
2) 어머님 상담은 어떤 순서로, 어떤 방식으로 진행했는지

경험 축적자들의 경험을 공유 받아 나는 조금이나마 출근에 대한 압박감을 덜어낼 수 있었다. '내일은 잘할 수 있을

것 같다.'라는 생각에 빨리 아이들을 만나고 싶다는 용기마저 들었다.

다사다난했던 하루하루가 모여 한 달이 지나고 6개월이 지났다. 6개월 사이에도 작고 큰 이벤트들이 있었다. 예를 들면 연하(삼킴)치료를 하는 도중 손가락이 깨물린다든지, 잘 놀던 아이에게 갑자기 머리채를 잡힌다든지, 다음 활동을 준비하는 사이 아이가 퓨티(치료용 찰흙)를 먹는다든지…

여러 상황들을 겪고 나니 '세상에 생각보다 큰일은 없구나.'라는 안도감이 들었다. 출근 7개월 차부터는 '아이들이 편안한 하루를 보낼 수 있도록 세상에서 가장 신나게 놀아주는 사람이 되자!'라는 목표를 가지고 치료를 이끌어 나갔다. 결과는 나름대로 성공적이었다(퇴사 후 치료를 했던 아동의 어머님이 친구가 센터를 개업했다며 스카우트를 해 주시기도 했다).

성인치료에서 소아치료로 전향을 고민하시는 분들이 있다면 경험을 축적하는 기간 동안 정말 많이 힘들 것이라는 솔직한 당부를 건네고 싶다. 하지만 그저 힘들기만 한 일이 어디 있겠는가? 아이들이 점점 나아지는 모습을 볼 때, 한참을 낯가리던 친구가 나에게 꼭 안길 때, 어머님들이 그것에 대한 감사를 표해 주실 때, 힘들었던 기억들은 단숨에 아름다운 추억이 된다. 사람들은 가끔 분야를 전향하여 후회한 적이 없는지 물어본다. 그럴 때마다 나는 이렇게 대답한다.

"물론 후회한 적도 있어요. 하지만 해 보지 않았으면 더 후회했을 것 같아요. 노인·성인·소아치료를 모두 경험한 덕분에 대상군의 연령에 관계없이 치료사로서 마땅히 해야 할 일들을 할 수 있게 되었잖아요."

보호자 상담

"저는 센터에서 소아치료를 하고 있습니다.
보호자 상담이 너무 힘드네요. 상담 준비 어떻게 하셨나요?"

소아치료는 성인치료와 다르게 치료시간 안에 보호자 상담 시간이 포함된다. 내가 근무했던 센터의 치료시간은 40분 치료, 10분 상담으로 구성되어 있었다.

센터에 입사하자마자 실장님으로 계셨던 선배님과 선임 선생님께 "보호자 상담은 어떻게 해야 하나요?"라는 질문을 했던 것 같다. 그만큼 부담감이 큰 과업 중 하나였다. 아무리 치료를 잘 한다 한들 보호자에게 치료에 대한 내용과 앞으로의 치료 계획에 대해 정확히 전달하지 못한다면 치료의 의미가 사라질 수도 있겠다고 생각했다.

여러 상황들을 상상해 보며 나름대로의 상담 시퀀스(seque-nce)를 만들어 상담을 진행했다. 시퀀스는 총 6단계로 구성되었다.

1) 오늘의 활동 참여 수준 설명

2) 구체적인 활동 방법 설명

3) 활동에 대한 반응 및 결과 설명

4) 잘한 점과 개선되어야 할 점 설명

5) 앞으로의 치료 방향 설명

6) 오늘 활동과 관련된 숙제 제공

입사 후 3개월까지는 치료 시작과 동시에 상담 6단계를 떠올리며 10분간 어떻게 상담을 해야 할지 고민했던 것 같다. 상담에 대한 부담감을 안고 미리 준비한 덕분에 큰 어려움 없이 순조롭게 매일의 상담이 진행되었다. 개인적으로 상담을 진행할 때 가장 중요시 여긴 부분은 '활동에 대한 반응 및 결과'를 설명하는 것이었다. 아이들의 반응은 아직 일반화되지 않았기에 치료실에서 잘 수행했던 활동을 집에서 수행하지 못할 수도 있고, 집에서 잘 수행했던 활동을 치료실에서 수행하지 못할 수도 있다. 이 말인즉슨 보호자가 치료실에서 아이가 보여 준 반응과 결과를 믿지 못할 수도 있다는 것(실제 "우리 아이가 그걸 했다고요?"라는 이야기를 정말 많이 들었다).

의심 아닌 의심을 몇 차례 받은 이후 활동에 대한 반응 및 결과는 사진 혹은 영상으로 남겨 상담 시 보호자에게 보여드렸다. 되도록 반응과 결과를 이끌어 낸 언어적 지시(verbal cue)를 보호자가 추가로 파악할 수 있도록 음성이 들어간 영상으로 남겼다. 결과는 '아주 만족'이었다.

기억을 더듬어 보면 소아치료를 하는 선생님들의 스마트폰 사진첩은 온통 아이들의 사진과 영상이었다. 성인치료를 할 때는 '아이들을 정말 좋아하시나 보다.'라고 단순하게 생각했었는데 소아치료를 시작하고 보니 아이들의 진전(progress)을 기록하고, 보호자에게 정확한 상담을 하기 위한 목적으로 기록된 깊은 의미가 담긴 자료임을 알게 되었다.

또 하나 중요시 여긴 부분은 '앞으로의 치료 방향에 대해 설명'하고 '숙제를 제공하는 것'이었다. 치료시간은 아이들의 progress를 이끌어 내기에는 너무 짧다. 아이가 치료시간에 했던 경험을 잊지 않고 기억할 수 있도록 가정에서 지속적으로 인풋(input)해 주는 것이 중요하다. 조금 힘들더라도 상담 시간에 숙제를 내드리지 못하면 SNS 혹은 유선상으로 숙제를 내드렸다. 나중에는 숙제를 하지 못한 어머님들이 핀잔 들을 준비를 하고 오시는 경우도 종종 있었다.

"아이고, 이번 주는 숙제를 못했는데 어떡하죠?"
"괜찮아요, 어머님. 다음 주에 두 배로 하시면 되죠! (ㅋㅋㅋ)"

소아치료를 시작하기 위해 준비하고 계시는 분들이라면 꼭 '나만의 상담 시퀀스'를 만들어 상담 시뮬레이션을 해 보고 입사하셨으면 좋겠다. 상담 시 자신감을 가지는 데 분명 도움이 될 것이다.

바쁨보다 소중한 것들

"현재 임상, 대학원, 외래강의, 협회 활동을 동시에 하고 있어요.

바쁘다는 핑계로 진짜 중요한 것들을 잃어 가는 느낌이에요.

이걸 한 번에 놓기는 또 힘들 것 같고요. 저는 어떻게 하면 좋을까요?"

어느 시점부터 나는 성공에 목마른 욕심 덩어리가 되어 있었다. 기회가 주어지는 일이라면 모두 마다 않고 내 것으로 만들고자 애를 썼다.

2017년, 소아 센터로 이직하면서 나는 프리랜서가 되었다. 건강상태나 상황 등은 전혀 고려하지 않고 들이 닥치는 대로 일을 했다. 때를 놓치면 길을 잃을 것만 같은 느낌이 들었기 때문이다. 학기가 시작될 때 즈음 스케줄이 제대로 꼬여 일주일에 1,000km 이상을 운전해야 하는 상황이 벌어졌다. 아무리 정신력으로 버틴다 한들 몸이 온전할 리 없었다.

나는 그때 알았다. 정신이 육체를 컨트롤할 수 없다는 것을.

'교수'가 되고자 하는 목표를 위해 일찍이 바닥난 육체를 이끌고 달리고 달렸다. 아마 달리는 것보다 멈추는 것이 더 두렵기도 했을 것이다.

작업치료(학)과 교수가 되기 위해서는 최소한 아래의 조건이 필요했다.

1) 학위(석사학위 or 박사수료 or 박사학위)
2) 임상경력(보통 3년 or 5년 or 10년 이상)
3) 연구경력
4) 교육경력
5) 그 외 지원 자격

바닥난 육체가 움직일 수 있는 한 조금 더 혹사시키더라도 한 번에 모든 경력을 쌓아 빨리 해내고 싶은 마음이었다. 평일에는 작업치료사, 외래교수, 대학원생으로서 역할을 수행했고, 주말에는 치료계획, 수업준비, 대학원 과제, 논문 작성을 했다. 24시간은 짧고도 짧았다.

하루를 길게 사용할 수 있는 방법은 단 한 가지밖에 없었다. 잠을 자지 않는 것. 2017년을 통틀어 평균 수면시간은 3~4시간쯤 되었을 것이다. 일 이외의 것들은 모두 사치스러운 일이라 생각하며 쳇바퀴 같은 하루하루를 보냈다. 어느 순간부터 내 삶에 나는 없고 일만 있는 느낌이었다.

'부모님이랑 저녁밥 먹은 지 얼마나 됐지?'
'친구들 만난 지 얼마나 됐지?'
'마지막으로 운동한 게 언제지?'

그 어떤 일상적인 질문에도 시원하게 답을 할 수 없을 때즈음 내 몸은 종잡을 수 없이 망가져 있었다. 매일 잠을 자지 않고 별다방 벤티 사이즈 4샷 아메리카노 마시기, 할 일을 다 끝내고 늦은 밤 폭식 후 잠들기 등의 못난 습관은 바닥난 나의 육체를 더욱 혹사시키기에 충분했다.

심각한 위궤양을 비롯한 복합적인 문제로 나는 잠시 동안 모든 할 일을 내려놓아야 했다. 다행히 학기가 끝날 무렵이라 외래강의와 대학원 수업은 자연스레 마무리 되었고, 소아 센터는 아쉬운 마음을 안고 퇴사했다. 나를 제대로 돌보지 못해 무언가를 내려놓는 상황이 굉장히 한심하게 느껴졌다.

의도치 않게 사회생활을 시작하고 처음으로 아무 걱정 없는 겨울을 맞이했다. 병원 치료를 마무리하고 건강을 되찾기 위해 헬스PT를 끊어 운동을 했다. 부모님께서 건강히 낳고 키워 주신 이 한 몸을 이제라도 제대로 돌보고 싶은 마음이었다. 정확히 운동을 시작하고 한 달 반 만에 11자 복근이 만들어졌고, 삼시 세끼를 꼼꼼히 챙기며 건강을 유지하려 노력했다. 오랜만에 가족들과 저녁식사를 하고, 친구들을 만나 회포를 풀었다. 자주 뵙지 못했던 할머니와 외할머니도 뵙고, 가족 행사도 빠지지 않고 참석했다.

휴식 2개월 차, 이제 무엇이든 다시 시작할 수 있을 것만 같은 느낌이었다. 크게 탈이 나지 않았다면 평생 진짜 중요

한 일이 무엇인지 모르고 살 뻔했다는 생각에 아찔한 마음
이 들었다. '건강을 잘 챙길 것, 가족을 비롯한 소중한 사람
들을 잘 보살필 것' 어떤 일이 있어도 1순위로 해야 할 일들.
익숙함에 속아 소중함을 잃지 말아야 할 것을 다시 한 번 되
새겨 본다.

PART 3

작업의 불균형

"쉬어 가는 시간이 분명 필요해."

"잠을 푹 자야 뭐든 할 수 있어."

"하루쯤 미뤄도 큰일은 일어나지 않아."

"아무 일을 하지 않아도 넌 소중한 존재야."

"사람들의 인정이 아닌,

네가 너의 인생을 인정할 수 있는 삶이었으면 좋겠어."

건강상태

"일을 하면서 건강상태가 너무 안 좋아졌어요.
조금 쉬어 가고 싶은데 다시 시작할 수 있을지 걱정이 되어서요.
잠시 멈추어도 괜찮을까요?"

대학에 특강을 나가면 매번 듣는 질문이 있다.
"혹시 지난 20대에 했던 행동 중 후회되는 것이 있나요?"
나는 단 몇 초도 고민하지 않고 이렇게 대답한다.
"건강을 챙기지 않았던 것을 후회합니다."

20대 때는 30대 언니, 오빠들이 매일 영양제를 챙겨 먹고
"진짜 살기 위해서 운동한다."라는 말을 이해할 수 없었다.
30대가 된 지금 매일 영양제를 먹고 살기 위해 운동하는 나
를 발견한다. 신체적 건강과 더불어 정신적 건강도 꼼꼼히
챙긴다. 좋아하는 노래를 들으며 걷는다든지, 글을 쓴다든

지, 창밖을 보며 멍 때린다든지··· 건강의 밸런스가 흐트러지지 않도록 끊임없이 나를 보살핀다.

대학에 입학하여 아르바이트를 하면서 여유 시간이 생겨 테이블에 놓인 『쌍둥이 형제, 하버드를 쏘다』라는 책을 읽은 계기로 나는 스무 살이 되던 해 50권에 가까운 자기계발서를 완독했다. 내가 읽었던 자기계발서에는 공통적으로 '시간 관리', '메모 습관', '인간관계'에 대한 내용들이 포함되어 있었다. "5분을 잡아라!", "기록하지 않는 하루는 기억되지 못한다!"와 같은 맥락의 글들 말이다.

완전한 '번 아웃(Burnout Syndrome)' 상태가 되기 전까지 나는 1분 1초를 아쉬워하는 자기계발서형 인간처럼 살았다. 그게 잘 사는 것인 줄로만 알았다. 잠을 줄여 가며 시간을 허투루 사용하지 않았고, 데일리 체크리스트를 작성하여 하루 일과를 꼼꼼히 살폈고, 오늘 할 일을 절대 내일로 미루지 않았다. 어찌 보면 약간 융통성 없어 보일수도 있는 그런 삶이었다.

성공을 향한 자기계발을 그 누구 못지않게 완벽하게 하고 있다고 생각했지만 신체적·정신적 건강을 제대로 돌보지 못한다면 금세 무너질 수밖에 없다는 중요한 사실을 간과했던 것 같다. 성공을 향해 앞만 보고 달리고 있는, 갓 피어나는 새싹이 있다면 나는 이런 메시지를 주고 싶다.

"쉬어 가는 시간이 분명 필요해."

"잠을 푹 자야 뭐든 할 수 있어."

"하루쯤 미뤄도 큰일은 일어나지 않아."

"아무 일을 하지 않아도 넌 소중한 존재야."

"사람들의 인정이 아닌, 네가 너의 인생을 인정할 수 있는 삶이었으면 좋겠어."

가끔 미친 듯이 달리기만 했던 그때 내가 정말 좋아했던 팀장님이 해 주신 말씀이 기억난다.

"왜 맨날 자기 자신을 이기려고만 해요? 세상에 싸우고 이겨내야 할 것들이 이렇게 많은데 왜 항상 자기 자신이랑 싸

워요? 쉬엄쉬엄 해요. 괜찮아요."

인생은 길고도 길다. 행복해야 할 순간들도 참 많다. 건강하지 않은 순간에는 행복해야 할 순간들도 그저 일처럼 느껴질 수 있다. 잠시 멈추어 본 순간이 있는 사람으로서 모든 밸런스가 무너진 상태에서 멈추지 않는 것만큼 위험한 일은 없다고 생각한다. 분명 내가 잘할 수 있는 것, 내가 좋아하는 것, 그저 나를 위한 시간들을 보내며 그간 상처받은 나를 위로해 줄 수 있는 시간이 필요하다.

우리는 살아가면서 '잘 하는 법'에 대해 수없이 많이 배운다. 하지만 한 가지 배우지 못한 것이 있다. '잘 쉬는 법'. 무언가를 하지 않으면 죄를 짓는 것처럼 불안한 감정을 느끼는 사람들도 있다. 마치 과거의 나처럼.

단지 지금 하고 있는 일을 오래 하기 위함이 아니라, 온전한 나를 위해 휴식을 취하는 시간이 필요하다. 흐트러진 나를 다듬어 갈 수 있는 시간을 가질 이유는 우리 모두에게 충분하다.

"아무 일도 일어나지 않으니 잠시 멈추었다 다시 출발해
봐. 더 환하게 달려가는 너를 발견할 수 있을 테니."

공백

———

"개인 사정으로 잠시 일을 그만두고 쉬고 있는 상태입니다.

뭘 해야 할지 모르겠네요. 쉴 때 어떤 일들을 하면서 지내세요?"

사회생활을 하며 두 번의 원치 않는 공백이 있었다. 한 번의 공백은 신체를 돌보지 못한 결과였고, 나머지 한 번의 공백은 정신을 돌보지 못한 결과였다. 갑작스럽게 맞이한 공백은 반가운 존재도, 편안한 존재도 아니었다.

첫 번째 공백은 건강한 신체를 되찾음으로써 행복한 휴식 시간으로 탈바꿈했다. 공백 기간 동안 무작정 나 홀로 제주 여행을 떠나기도 했다. 여행하는 동안 푸른 바다를 보며, 새하얀 모래사장을 보며 손이 가는대로 이런저런 글을 끼적였다.

언제부터인가 즐겁고 설레기만 했던 여행일정까지도 버거운 일정처럼 느껴지기 시작했다. 많이 지쳤다고 생각했다.

나의 일들이 모두 일상처럼 익숙해질 즈음 다시 예전처럼 여행할 수 있겠구나 싶었다.

오늘은 잠시 하던 일을 멈추고 이곳에 집중해 본다.

멋진 곳에서, 복잡한 것들은 내려놓고.

- 공천포 바닷가 앞에서, 2017. 12. 18.

바다와 돌을 보고 있자니 말 그대로 제주인 곳이다.

파도는 흰색이 되었다가, 하늘색이 되었다가, 돌을 닮은 색이 되기도 한다.

마치 종잡을 수 없는 나의 감정선 같다.

일정하지 않아 더욱 아름다운 이 파도처럼,

나의 감정도 그럴 수 있을까?

- 용두암 카페 모드락에서, 2017. 12. 19.

그대들의 고민으로부터

'아, 나 노래 들으면서 걷는 것을 참 좋아했었지.'

'아, 나 바다 보면서 멍 때리는 것을 참 좋아했었지.'

'아, 나 글 쓰는 것을 참 좋아했었지.'

3박 4일 간의 제주여행을 통해 성공을 빌미로 나를 닦달하기만 했던 내가 참 모질었다는 생각이 들었다. 여행을 계기로 나 자신에게 조금은 관대해지기로 마음먹었고, 쉬는 시간이 생길 때면 내가 좋아하는 것들을 선물해 주기로 했다.

선물의 시기가, 혹은 크기가 적절치 않았는지 1년이 조금 지나 두 번째 공백이 찾아왔다. 두 번째 공백은 꽤 오랜 시간 나를 갇혀 있게 만들었다. 20대를 다 바친 자리를 벼랑 끝에 내몰고 제정신일 리 없었다. 사람들과 만나고 싶지도 않았고, 통화나 메시지로 연락을 주고받고 싶지도 않았다. 모두와의 소통을 단절시키고 싶었다. 나의 이야기를 즐겨 왜곡하는 누군가에게 일말의 여지를 주고 싶지 않은 마음도 컸다.

공백 이후 한 달쯤 지나 20년 지기 친구 2명을 만났다. 둘

중 하나라도 "왜 그런 선택을 했어?"라는 질문을 한다면 그 자리에서 무너져 버릴 것만 같았다. 시간 가는 줄도 모르고 새벽 1시가 되도록 웃고 떠들었다. 집에 돌아가는 시간이 될 때까지도 친구들은 나에게 선택에 대한 이유를 묻지 않았다. 정말 고마웠다. 자고 일어났더니 지난 밤 친구 둘 중 하나가 나에게 해 주었던 말이 문득 떠올랐다.

"야. 사람들 니한테 크게 관심 없다. 니 하고 싶은대로 하고 살아도 된다. 뭐 그래 눈치 보노. 술이나 마셔라."

쿨내가 철철 흐르는 친구들과 대화하고 있자니 여태껏 혼자 속앓이했던 일들이 대수롭지 않게 느껴졌다. 왠지 모르게 홀가분해지는 느낌이었다.

두 번째 공백이 시작될 무렵 3살 터울인 오빠가 일본에서 돌아왔다. 오빠는 일본에서 대학을 졸업하고 돗토리현에 있는 호텔에서 오랫동안 근무했다. 어쩌다 보니 같은 시기에 본가에 들어와 9년 만에 우리 가족 4명이 완전체를 이루게

그대들의 고민으로부터

되었다.

나는 우리 오빠를 딱 두 가지 단어로 소개할 수 있다. '게임 덕후', '만화 덕후'. 오빠는 본가에 돌아와서도 열렬히 게임을 즐겼다. 서른 중반이 되어 가는 오빠가 게임에 지독히 열중하고 있는 것이 못마땅하여 매일 오빠를 이끌고 러닝을 하기 위해 구포뚝으로 향했다.

"오빠야. 오빠야는 맨날 게임하잖아. 근데 재밌나?"
"어. 재밌으니까 하지."
"하고 있으면 행복하나?"
"어. 행복하니까 하지. 니는 그럼 안 행복한 걸 하나?"
"음…"

나는 아무 말도 할 수 없었다. 잠시나마 오빠에게 못마땅한 마음을 가졌던 일이 굉장히 건방지게 느껴졌다. 그 누구도 한 사람의 행복을 나무라거나 함부로 판단할 수 없는 것을. 그날 저녁밥을 먹으며 오빠에게 제안을 하나 했다.

"오빠야. 여행 한 번 갈래? 당일치기. 대마도."

"둘이? 그래. 가 보자. 언제 둘이 쉬겠노."

귀차니즘 오빠에게 단번에 OK를 받고 룰루랄라 여행계획을 짜고 성공적으로 대마도 여행을 마쳤다. 살면서 오빠와 그리 많은 대화를 나누지 못했는데 여행을 준비하는 과정에서부터 평생 했던 대화보다 더 많은 대화를 나누었다. 여행에 재미가 붙은 우리는 대마도에서 돌아온 후 바로 가오슝 여행계획을 구상하고 몇 주 뒤 대만 여행까지 다녀왔다. '공백이 없었다면 오빠와 이렇게 여행하며, 대화하고, 돈독해질 수 있었을까?'라고 생각하며 이따금씩 그 시간에 대한 소중함을 느낀다.

오빠가 있는 친구들에게 "내 오빠야랑 여행 갔다 왔다."라고 말하니 "미친 거 아이가."라는 답변이 돌아왔다. 나도 오빠랑 단 둘이 여행 가는 일은 있을 수 없는 일이라고 생각했는데 여행을 통해 부모님을 제외하고 부가 설명 없이 나를 가장 잘 이해하는 사람은 오빠라는 것을 알게 되었다.

두 번의 공백 이후 나는 공백이 생기면 여행을 가고, 운동을 하고, 글을 쓰고, 좋아하는 사람들을 만난다. 나이가 들수록 가득 채워진 무언가보다 공백이 있는 무언가가 더 아름다워 보이는 이유는 무엇 때문일까?

성공과 행복

"원하던 직장에 들어와 남들은 성공했다고 축하하는데 저 자신은
행복하지가 않네요. 사람들하고도 잘 맞지 않고요. 답답하네요."

스물여섯에 박사학위를 시작하면서부터 전문대 전임교수
임용을 지원했다. 시원하게 낙방할 것을 알면서도 지원하고
싶었다. 혹 서류심사에 합격한다면 면접과 공개강의 경험을
쌓을 수 있는 좋은 기회가 될 것 같아서였다.

2018년 1월, 세 번째 임용지원을 했다. '이번에도 떨어지
겠지.'라고 생각하며 일본에서 일하고 있는 오빠 휴가 기간
에 맞춰 오사카에 방문했다. 오빠를 만나 첫 끼를 먹기 위해
자루우동집으로 향했다. 주문한 우동이 테이블에 준비되자
마자 지역번호 054로 전화가 왔다.

"오빠야! 오빠야. 지역번호 054 어딘지 검색 좀 해 봐."

"경북인데?"

임용 지원서를 넣은 학교가 위치한 경북에서 걸려 온 전화였다. 혹시나 하는 마음으로 전화를 받았다.

"임용 서류 합격하셨는데 내일 면접 보러 오실 수 있으신가요?"

"내일이요? 어… 제가 5분만 있다 전화 다시 드려도 될까요?"

방금 일본에 도착하여 첫 끼를 먹으려던 참이었는데 내일이 면접이라니… 너무나도 당혹스러웠다. 오빠에게 지금 상황에 대해 간략히 설명해 주었더니 "헐~"이라는 답변이 돌아왔다. 정말 '헐'이 아닐 수 없었지만 평생 오지 않을 수도 있는 기회라는 판단이 들어 그날 오후 비행기를 끊고 학교 측에 면접을 보러 가겠다는 답변을 회신했다. 그렇게 우동 한 그릇을 먹고 오사카에서 다시 부산으로 돌아왔다.

일본에서 하루를 채 보내지 못하고 한국으로 돌아가는 길이다.
내일 하루는 나에게 어떤 의미가 될까?
자신 있게 미래를 그려 보는 순간이다.
기다렸던 순간이 조금은 이르게 찾아왔지만
바라왔던 이 순간을 잡을 수 있을 것만 같다.
오늘을 위해 복잡했던 수많은 상황들이 정리되어 왔는지도
모르겠다.
새삼 감사한 혼란의 시기, 그리고 새로운 시작.

- 부산행 비행기 안에서, 2018. 2. 5.

　밤새 면접을 준비하여 면접장소로 갔다. 금세 내 차례가 왔다. 모든 면접관의 시선이 나를 향했다. 이상하게 하나도 긴장이 되지 않았다. 임상 경력, 강의 경력, 연구 실적 등 서류 점수에는 자신이 있었지만 내가 봐도 나는 아직 너무 어린 나이였다. 경험삼아 부끄럽지 않게 있는 그대로 내뱉어 보기로 했다.

　결과는 대성공이었다. 2018년 3월 1일자, 만 26세에 나는 전문대 작업치료과 전임 조교수로 임용되었다. 내 이름이

적힌 연구실과 작업치료과 교수가 박힌 명함이 생겼다. 눈물 나는 노력의 결과였지만 한동안 얼떨떨한 심정이었다.

얼떨떨한 것은 나뿐만이 아니었다. 또래의 교수님을 맞이한 학생들도, 만학도 학생보다 어린 직장동료를 맞이한 교수님들도 얼떨떨하기는 마찬가지였다. 얼떨떨함도 잠시, 정신을 차려야만 했다. 첫 학기에 1~3학년 수업을 통틀어 20학점이 넘는 수업준비를 했다. 동시에 박사 논문 프로포잘(proposal)도 함께 준비했다. 바라고 바라던 자리까지 올라왔지만 여전히 감당하기 벅찬 과정 속에서 허우적거리고 있었다.

> 공감되지 않는 힘듦을 사는 것보다 공감해 줄 이가 없다는 것이 나를 더욱 힘들게 한다.
> 오늘도 나는 나의 힘듦을 내 속에 담아 보려 애쓴다.
> - 새로 마련한 오피스텔에서, 2018. 3. 14.

한때는 사람들에게 나의 힘듦을 곧이곧대로 털어놓기도 했다. "그래도 견뎌야지.", "그래도 잘 됐잖아." 정해진 듯 돌아오는 도돌이표 같은 답변에 점점 나의 이야기를 털어놓는 일이 의미 없는 것으로 다가왔다. '또 자고 일어나면 괜찮겠지.' 체념하며 나의 이야기를 담아 두고 또 담아 두었다. 자랑스러운 딸 생각에 매일 웃고 계실 부모님께도 선뜻 힘들다고 말할 수 없었다.

　매일매일 똑같은 삶이었다. 실수하는 일은 죽는 것만큼 싫었기에 잠도 자지 않고 반복되는 하루와 독하게 맞서 싸웠다. 사람들은 내가 아주 잘 하고 있다고 생각했을 것이다. 실제 매번 능력 이상의 좋은 평가를 받기도 했다.

　주말에도 휴식은 나에게 사치였다. 평일에 하지 못한 일들을 마무리해야 했기 때문이다. 집은 마치 투잡을 뛰는 공간 같았다. 학교는 정장을 입고 일하는 공간이었고, 집은 잠옷을 입고 일하는 공간이었다. '올해 고생해서 수업 준비하고, 박사학위 받고 나면 내년부턴 진짜 행복해질 거야. 완전 편해질 거야!'라는 희망을 가지고 무너지지 않으려 발버둥쳤다.

어느 날 퇴근을 하고 집으로 돌아와 씻고 다시 논문을 쓸 참이었다. 화장실에서 거울을 보는데 걷잡을 수 없이 눈물이 흘렸다.

'그토록 바라던 일들을 하고 있는데 나는 왜 행복하지 않을까? 나는 지금 이것들을 왜 하고 있는 거지? 뭐하는 거지? 이렇게 만신창이가 되려고 지금까지 달려온 것이 아닌데…'

그렇게 한참을 울었던 것 같다. 그날 이후에도 퇴사하는 날까지 나의 회의는 무한 반복되었다. 그 누구도 탓할 수 없었고, 그 누구의 탓도 아니었다. 유일한 회의의 원인이 있다면 '성공=행복'이라는 오류를 목표로 삼았던 나의 어리석음이 아니었을까 싶다. 성공과 행복의 결이 다름을 알아차리지 못했던 어리석음으로 나는 그렇게 헝클어진 성공의 길을 한동안 걸어갔다.

자고 일어나 남편과 함께 아침밥을 먹고

비 온 뒤 미세먼지 걷힌 푸른 하늘을 보는 것.

집에서 키우는 식물들이 무럭무럭 자라는 것을 보며

시원한 아이스 아메리카노 한 잔을 마시는 것.

좋아하는 골드키위를 예쁘게 깎아

다큐를 보며 맛있게 먹는 것.

김동률의 노래를 들으며 산책을 하고

장을 보고 들어와 빵빵해진 냉장고를 보는 것.

이리도 일상적인 하루가 나의 행복이었음을

왜 몰랐을까?

그대들의 고민으로부터

콤플렉스

"콤플렉스를 극복하신 사례가 있으신가요?"

한때 나의 콤플렉스는 '간판'이었다. 3년제 출신이었던 나는 국가고시가 끝나고 편입을 준비할 무렵 한 번의 간판 교체를 꿈꾸었다. 4년제 편입에 대해서는 아주 크게 자신이 있었다. 학회장·대의원으로 학교 간부 생활을 부지런히 했으며, 전문학사를 전체 평점평균 4.26점으로 차석 졸업하였다. 또한 교내 프로그램에 참여한 경력도 다수 보유하고 있어 '준비만 잘해서 지원하면 어디든 갈 수 있겠다.'라는 생각이었다. 편입할 학교를 고민하고 있을 무렵 나의 롤모델 교수님께 조언을 구했다.

"교수님, 제가 편입을 고민 중인데 어느 학교에 지원하는 것이 좋을까요?"

"우리 학교도 편입생을 뽑는데 한 번 지원해 보지 않을래?"

대학교 1학년 때부터 너무나 존경해 온 교수님의 제안이었기에 나는 3학년 때부터 1년간 고민해 왔던 편입루트를 변경하여 전라도에 위치한 H대학교로 최종 편입 지원을 했다. 나의 선택에 한 번도 물음표를 던지시지 않으셨던 부모님조차 "갑자기 그 먼 데를 간다고?" 하시며 탐탁치 않은 반응을 보이셨다. 하지만 결론적으로 내가 정말 존경하는 분 밑에서 배우는 것이 의미 있고 값진 일이라 생각되었다.

그날의 선택을 기점으로 6년이라는 시간을 쉼 없이 달려 학사 1기, 석사 1호, 박사 1호 타이틀을 거머쥐고 졸업할 수 있었다. 선배가 없는 학교였기에 '나의 행보가 우리 학교를 대표할 수도 있겠다.'라는 책임감을 가지고 대외적인 활동에도 최선을 다했다. 많은 동기들과 후배들이 나의 행보를 응원해 주었고, 학교를 대표하는 졸업생으로 점차 자리를 잡을 수 있었다. 오로지 바깥 평가에 치우쳐 학교 간판만을 보고 편입을 결정했다면, 지금의 나도, 내 곁에 있는 소중한 인연들도 만날 수 없었을 것이다.

인스타그램에서 '작업치료 고민상담소' 계정을 운영하며 "간판 좋은 학교 혹은 간판 좋은 직장에 들어가고 싶은데 어떻게 해야 하나요?"라는 질문을 참 많이 받았다. 사실 누군가가 만족할 만한 정도를 이렇다 저렇다 정의내리는 일은 쉽지 않은 일이기도 하고, 건방진 일인 것 같기도 하다. 다만 나의 경험에 빗대어 보았을 때 '간판 좋은 학교의 진정한 의미'는 '좋은 사람들과 함께 발전할 수 있는 최적의 공간'이며, '간판 좋은 직장의 의미'는 '내가 추구하는 목표에 따라 미래를 그릴 수 있는 공간'이 아닐까 싶다. 그런 의미에서라면 나의 이력서에 촘촘히 나열된 기록들은 '좋음' 그 이상으로 후한 평가를 받아도 될 것 같다. 거울을 보아하니 지금의 나와 마주할 수 있게 해 준 과정과 선택에 모난 부분은 딱히 없어 보인다.

나이

"혹시 임상에 나가면 '나이'가 생활하는 데 많은 영향을 미칠까요?
관련된 경험이 있으시다면 공유해 주세요!"

스물넷에 대학원에 입학하면서부터 '빨리 나이 들고 싶다.'라는 생각이 들었다. 앞으로의 난관을 건너뛰고 싶은 마음도 있었지만 능력을 나이로만 평가하는 몇몇의 사람들에게 상처받은 경험 때문이었던 것 같다. 아래로는 20대 교수님을 받아들이지 못하는 학생들의 행동에 상처받은 경험이 있었고, 위로는 어리다는 이유로 불편한 언행을 내뱉는 사람들과 마주하는 사건들이 있었다.

때는 2016년 2학기, 두 번째로 출강을 의뢰받아 '직업재활'이라는 과목을 수업하게 되었다. 첫 번째 출강을 모교로 나가 좋은 피드백을 받았던 터라 타학교 출강에도 자신만만했다. 수업을 위해 3시간 30분을 달려 광주에서 경북까지 올라갔다. 왕복 7~8시간 운전해야 할 것을 알면서도 타학교 출강 경험을 쌓고 싶었다. 문을 열고 강의실로 들어섰다. 수군대는 학생들의 소리가 들렸다.

"와 저 사람 교수님이라고? X나 어리네."

나를 향한 직접적인 돌직구는 아니었으리라 믿고 있지만 설레는 마음으로 강의실을 들어선 나에게 큰 충격이 아닐 수 없었다. 너무 충격을 받은 탓에 그날 수업을 어떻게 했는지 기억도 나지 않는다. 다시 돌아가는 3시간 30분 동안 '내가 너무 일찍 욕심을 부렸나?' 하는 생각에 선택을 후회하기도 하고, 동시에 '더 잘해야겠다.'라는 오기도 생겼다.

결과적으로 학기가 끝날 때 즈음 학생들은 예의바른 모습을 갖추었고 훌륭한 강의평가도 받았지만 그날의 상처를 통해 매 학기의 첫 강의 때 극도로 긴장하는 어색한 나를 마주

치곤 했다.

때는 2018년, 전임 조교수로 재직하고 있을 시점이었다. 당시 셀 수 없는 무례한 사건들을 많이 당했지만 나는 단 한 차례도 얼굴을 붉히지 않았다. 그들의 무례함을 통해 '참된 어른으로 나이 드는 것'에 대해 깊게 고민해 볼 수 있어 가끔은 오히려 득이 된다고 느꼈다.

본가에 가면 가끔 아버지와 반주를 하며 여러 가지 사는 이야기를 나눈다. 임용된 후 아버지는 나에게 어떠한 상황에서도 겸손해야 할 것을 귀가 아프도록 말씀하셨다.

"벼는 익을수록 고개를 숙인다. 상대방이 고개를 숙였을 때 고개를 숙이지 못하는 사람은 크게 어떠한 결함이 있는 사람이니 안타깝게 여기되 화내지 말아라."

아버지의 말씀대로 나는 언제나 그들의 무례함에 대해 정중함으로 답하였다. 정중함에 대한 결과는 어김없이 반복되는 안타까움이었지만 그들과 똑같은 형태로 나이 들고 싶지 않았기에 자리를 정리하는 그날까지 흐트러짐 없는 정중함을 표했다.

　사람들은 "나이는 숫자에 불과하다."라고 말하지만 경험해본 바로 여전히 '나이=경력=능력'이라고 단정 짓는 사람들이 많은 것 같다. 어린 어른들이 꿈속에서 방황하지 않도록 진정한 능력이 빛을 발할 수 있는 사회가 되었으면 좋겠다.

침묵

———

"직장에서 아무 말도 하고 싶지 않은 상태가

한두 달 째 이어지고 있는 것 같아요. 계속 이래도 될까요?"

아무리 소리쳐도 바람 한 점 흩날리지 않을 때, 어떤 말로도 흔들리는 감정선을 형용할 수 없을 때, 딱히 괜찮은 플랜 B가 없을 때, 작고 큰 변화를 감당할 만한 에너지가 없을 때, 아마 그럴 때 우리는 아무 말도 하지 않는, 아니, 아무 말도 하고 싶지 않은 상태가 된다. 그야말로 입을 꾹 닫고 함구하고픈 그런 시기. 나에게도 그런 침묵의 시기가 있었다.

10년 가까이 사회생활을 하며 말이 많음과 동시에 말만 많은 유형의 사람들을 적지 않게 만난 것 같다. 그들의 공통점은 '무엇이든 말로 만들고, 말로 해결한다는 것'이다. 그들의 이야기 속에는 언제나 제3자가 존재했다. 영문도 모르는 제3자는 오고가는 이야기 속에 몹쓸 인간이 되기도 하고, 괜찮은 인간이 되기도 했다.

무심코 뱉은 한마디가 작고 큰 파장을 일으킬 수 있음을 깨닫고부터 할까? 말까? 할 때는 하지 않는 것이 득이며, 말은 담아 둘수록 덕이 된다고 판단했다. 그렇게 어리석은 침묵은 시작되었다.

처음에는 아주 편하고 좋았다. 에너지 소모도 덜하고, 티키타카(tiqui-taca)식의 언쟁이 일어날 일도 없었다. 구구절절 소귀에 경을 읽기보다는 '깔끔하게 결과로 승부하면 된다.'라는 생각이었다.

불만 속에 불만이 쌓여도, 더 이상 '할 수 없음'의 상태에 이르러도 겉으로 내색하지 않았다. 하지만 침묵은 예상보다 빠르고 깊게 나의 속을 곪아 가게 만들었다. 지금 생각해보면 내가 없는 그들의 이야기 속에서 몹쓸 인간이 되지 않으려 애쓴 결과였던 것 같다.

침묵은 최선이 아니었고, 실제 최선이 아니다. 순간의 방어 기제로 작용하여 더 깊은 감정적 상처의 골을 만든다. 말을 하지 않으면, 표현하지 않으면 아무도 모른다. '내 마음 좀 알아주세요.' 속으로 백번 천번 외쳐봐야 아무 소용이 없다.

나의 생각이나 감정을 적절히 표현해 내는 것은 아주 중요하다. 의사소통을 통해 생각과 감정을 적절히 표현할 수 있어야만 사람들과의 관계도, 일도, 나도 지켜낼 수 있다. 직설적인 드러냄을 하라는 것이 아니라 할 수 없다고 판단이 되면 "양해 좀 부탁드려도 될까요?" 아닌 것 같다고 판단이 되면 "한 번 더 고민해 주실 수 있으신가요?"와 같이 나의 뜻을 상대방이 알 수 있도록 의견을 전달해야 한다는 것이다.

어린 마음에 구설수에 오르기 싫어서, '그냥 이번만 넘어가자, 대충 오늘 상황만 모면하면 되니까.'라는 어리석은 판단으로 침묵을 유지한다면 그들의 세상에서 벗어나지 못하는 불행한 우물 안 개구리가 될 가능성이 높다.

　적절하게 나의 의사를 전달할 수 있는 어른이 되는 것만큼 다행스러운 일은 없다. 오늘도 나는 현명하게 소통하는 어른이 되기 위한 연습을 한다. 침묵할 수밖에 없었던 그날의 나를 심심찮게 위로하며.

PART 4

작업의 조절

있는 그대로의 아름다움을 느끼는 것.
지독히 자연스러운 것들의 찬란한 아름다움.

재취업

"잠시 다른 일을 하다가 재취업을 준비 중인데

잘할 수 있을지 걱정이네요. 무엇부터 준비하면 좋을까요?"

달갑지 않았던 공백 속에 매일매일 취업사이트를 들여다 보았다. 마음의 건강을 온전히 되찾기 전까지 가늠할 수 없는 쉼이 필요했지만 이완하는 법을 잊은 채 달려온 터라 멈추어 있음은 곧장 불안감으로 되돌아왔다. 공백의 합리화를 위해 나는 또 다이어리와 펜을 준비했고, 내 마음이 허용하는 공백의 기간과 To do list를 작성했다.

1) 여행 2) 운동 3) 독서 4) 글쓰기 5) 영어 공부 6) 한국사 공부 ……

한참을 써 내려가다 보니 어김없이 나를 옥죄는 스케줄이 완성되었다. 여러 가지 방법으로 나를 지치게 했던 주범이 입증되는 순간이었다.

To do list 아래 '단, 하기 싫은 일은 강박으로 하지 않을 것. 하루에 하나만 하더라도 완벽히 만족해 볼 것!'이라는 문구를 적었다. 짤막한 문구를 보는 것만으로도 괜스레 마음이 편해지고 '네가 하고 싶은 것만 하면서 살아도 괜찮아.'라고 위로를 받는 느낌이었다. 그렇게 차츰 오롯한 나를 찾으며 내가 좋아하고 사랑하는 것들에 대해 알아갔다. 켜켜이 쌓여있던 페르소나(persona)도 자연스레 한 겹 한 겹 벗겨졌다. 다시 내 인생을 '나'로 살아갈 수 있겠다는 확신이 들었다.

블라디보스톡 여행을 하루 앞두고 있는 시점이었다. 여행을 마치고 돌아와 다시 시작해 볼 만한 무대를 하나하나 검색했다. 치료사들의 로망이라 불리는 기관 중 한 군데를 검색하여 마음에 쏙 드는 공고를 발견했다. '중증 장애인을 위한 돌봄로봇'에 대해 연구하는 파트였다. 찬찬히 채용공고를

읽어 나갔다. 자격조건에는 '작업치료학전공'이 없었다. 작업치료사가 충분히 역량을 발휘할 수 있는 연구파트에 배제되었다는 것이 여간 섭섭한 일이 아니었다. 괜스레 더 오기가 생겼다.

응시원서도 작성하기 전에 제출서류부터 검토했다. 다음 날 일찍 공항으로 출발해야 하는 일정이었기에 제출서류를 구비하지 못하면 지원서류를 작성하는 것이 무용지물이 되기 때문이었다. 다행히 유사 공공기관 지원을 준비하며 구비해 둔 서류와 제출서류가 동일했다. 안도의 한숨을 내뱉으며 응시원서, 이력서, 자기소개서, 직무수행계획서를 새벽까지 작성하여 제출서류와 함께 우편봉투에 동봉했다. 그리고는 작은 메모지와 함께 오빠 책상에 올려 두었다.

'오빠야, 내일 우편등기 좀 꼭 보내 줘. 부탁해!'

여행의 여운이 가시지 않았을 무렵 한 통의 문자를 받았다. 서류 전형 합격 문자였다.

'아, 다시 시작할 기회가 왔구나. 나에게.'

일주일 남짓 남은 면접심사를 준비하며, 전날 상경하여 묵을 동대문 주변 게스트하우스를 예약했다. 보고 싶었던 동생에게 연락하여 저녁 약속도 잡았다. 벌써 임용이라도 된 듯 설레는 마음이 들었다. 정말 오랜만에 느껴 보는 시작에 대한 설렘이었다.

면접 당일이 되었다. 면접의 정석인 펭귄룩(검정색 정장에 흰색 와이셔츠)을 하고 면접 장소로 향했다. 예상보다 많은 면접 질문을 받았다. 그중 가장 기억에 남는 질문은 "작업치료학 전공이 자격조건에 없었는데 작업치료사와 본 사업이 관계가 있을까요? 돌봄로봇을 사용해 본 경험은 있으세요?"라는 질문이었다.

"학부생 때 성남고령친화종합체험관에서 이동, 식사 등 일상생활에 필요한 다양한 제품들을 실제 사용해 본 경험이 있습니다. 더 이상의 기능적 회복을 기대할 수 없는 클라이언트가 독립적인 일상생활을 영위하기 위해 돌봄로봇이 필수적으로 필요하다는 생각을 합니다. 클라이언트가 환경 내에서 돌봄로봇을 적절히 사용하기 위해서는 중증 장애인의 특성을 정확히 파악하고 있는 작업치료사의 가이드가 필요합니다. 사용 가이드라인 개발과 클라이언트를 심층 면담하는 과정에서도 작업치료사의 강점을 발휘할 수 있을 것입니다."

성공적이었던 면접을 마치고 집으로 돌아가는 길, 'in 서울 할 수 있겠구나.'라는 좋은 예감이 들었다. 1주일 후, '최종 합격' 문자를 받고 서울살이를 시작하게 되었다. 1차년도 사업이라 갖추어나가야 할 부분들이 많았지만 새로운 공간에서 처음 만난 인연들과 함께하는 시간이 꽤 만족스러웠다.

재취업을 준비하며 '나에 대해 알고, 내가 어떤 역할을 주도적으로 할 수 있는지 아는 것, 그것만큼 중요한 것은 없다.'라는 생각이 들었다. 내 삶을 주도적으로, 능동적으로 이끌어 가는 것만큼 매력적인 인생이 또 있을까 싶다.

그대들의 고민으로부터

사투리

"제가 사투리가 심한데 타지에서 근무할 때 영향이 있을까요?
말투를 바꿔야 할지 걱정이에요."

학창시절부터 말투며, 행동이며 모든 면이 전형적인 부산 여자였다. 성장과정에서 몸에 배인 시원시원한 화법과 가식 없는 행동은 사회생활을 하며 '솔직한 사람'으로 자리 잡을 수 있는 긍정적인 요소가 되었다. 타지생활을 워낙 오래 했던 터라 무수히 많은 사투리 에피소드가 있지만 그중 학부 생 때 있었던 하나의 사건을 떠올려 본다.

편입 후 4학년 때 있었던 일이다. 한 학기 동안 튜터로 활동했던 결과를 인정받아 튜터링 최우수상 후보로 선정되었다. 후보로 선정되었다는 기쁜 소식과 동시에 경진대회 발표를 진행해야 한다는 부담되는 소식을 전달받았다. 편입한 학교가 전남 광주에 위치해 있었기 때문에 간단한 학과 조별 발표가 있을 때도 강한 억양의 부산 사투리가 여간 신경 쓰이는 것이 아니었다. 한데 튜터링 프로그램에 참여한 35개 학과 교수님들과 학교 처장님들이 다 계시는 자리에서 발표를 해야 하다니… 상상만 해도 입이 바싹바싹 말랐다.

발표 자료는 완벽하게 준비하였고, 신경 쓰였던 사투리를 쓰지 않기 위해 기숙사에서 함께 지낸 서울 친구와 마주 앉아 몇 차례 발표 연습을 했다.

튜터링 경진대회 당일이 되었다. 막상 무대에 서니 발표 내용 신경 쓰랴, 사투리 신경 쓰랴 긴장은 배가 되고, 억양은 출처 없는 인토네이션(intonation)으로 흘러갔다. 이대로 발표를 진행한다면 여태껏 준비했던 성과가 우스꽝스럽게 마무리될 것 같았다. 용기 내어 이렇게 말했다.

"사실은 제가 부산사람인데 억양을 신경 쓰다 보니 준비

그대들의 고민으로부터

한 만큼 설명하는 것이 너무 힘드네요. 부산 사투리 그대로 발표를 진행하겠습니다!"

객석에서는 응원의 박수가 흘러나왔고, 응원에 힘입어 오리지널 부산사투리를 구사하며 당당하게 발표를 진행했다. 그 결과 쟁쟁한 후보들을 꺾고 튜터링 프로그램 최우수상을 거머쥘 수 있었다. 당당함은 내 색깔 그대로를 보여 주는 것에서부터 나온다는 것을 새삼 깨우친 하루였다.

살아가다 보면 의도하지 않은 자연스러운 변화들이 찾아온다. 전라도에서 생활할 때는 전라도 사투리 같은 부산 사투리를 구사하기도 했고, 경북에서 생활할 때는 경북 사투리 같은 부산 사투리를 구사하기도 했다. 또 청주에 살고 있는 지금은 충청도 사투리 같은 부산 사투리를 구사하고 있다.

환경과 때에 맞추어 변화해 나가는 것은 지극히 자연스러운 일이다. 따라서 억지 노력을 할 필요는 없는 것 같다. 살아가며 나의 과거를 조금 더 아름답게 다듬고 싶을 때도 있고, 나의 현재를 인위적으로 예쁘게 가꾸고 싶을 때도 있다. 그러나 한여름, 공원의 나무 한 그루가 단풍으로 물들어 있다면, 눈 내리는 겨울 날 길가에 해바라기 꽃이 활짝 피어 있다면, 그대는 아름다움을 느낄 것인가? 걱정스러움을 느낄 것인가?

한여름의 뜨거운 햇살을 받으며
푸릇푸릇한 나뭇잎을 바라보는 것.

한겨울의 차디찬 바람을 맞으며
동글동글 예쁘게 쌓아올린 눈사람을 바라보는 것.

있는 그대로의 아름다움을 느끼는 것.
지독히 자연스러운 것들의 찬란한 아름다움.

이상과 현실

"병상수가 많고 네임벨류가 있는 병원에서
임상을 시작하는 것이 좋겠죠?
아무래도 작은 병원에서는 배움과 발전이 많이 없을 것 같아서요."

돌고 돌아 2018년에 처음으로 네임벨류가 있는 직장에 입사했다(여기서 네임벨류가 있다 함은 부연설명이 필요 없는 정도의 직장을 말한다). 합격 문자를 받고 출근하기 전까지 난다 긴다 하는 사람들이 있는 그곳에서 얼마나 많은 것을 배우고 발전할 수 있을지 기대하며 설레는 하루하루를 보냈다.

출근 첫날, 입사 동기들과 함께 각 과, 각 팀 연구실에 인사차 방문했다. 예상치 못한 등장이라도 한 듯 다들 당황한 모습이었다. '왜 신입 직원 출근 날짜를 모르지?'라는 의구심에 의아한 마음을 품지 않을 수 없었다.

인사를 마치고 내 자리가 마련되어 있는 연구실로 찾아갔다. "선생님, 자리 여기에요."라고 소개 받은 책상 위에는 어수선하게 흐트러져 있는 책과 파지할 서류들이 잔뜩 쌓여 있었고 아직 컴퓨터는 설치되어 있지 않은 상태였다. 기대했던 상황과 상반되는 상황에 실망감을 감출 수 없었다. 옆 자리에 있던 연구원님께 "혹시 제가 무엇을 하면 될까요?"라고 여쭈었더니 책 한 권을 건네주며 "어… 아직은 할 게 없어서 이 책 보시면서 사업계획 한 번 살펴보세요."라고 대답해 주었다.

출근 후 오전 내내 헝클어진 책상을 정리한 후 머리에 들어오지 않는 사업계획을 펼치고 '신입 직원 교육은 없나?', '컴퓨터는 언제 오지?' 등등 오만가지 생각을 하며 나를 구원해 줄 누군가를 하염없이 기다렸다.

오후 2시쯤이 되어 연구 PI(Principal Investigator)가 도착했다. 나보다 2주 일찍 입사했다는 PI는 연구소를 포함한 기관 내 건물들과 우리가 자주 왕래할 사무실의 위치를 설명해 주었다. 출근 후 처음 느끼는 따뜻함에 감사한 마음이 들었다. 궁금한 점이 있냐는 질문에 앞으로 내가 해야 할 일은 무엇인지 물었더니 차차 정해질 거라는 답변이 돌아왔다. 크나큰 난항이 예상되었다.

안타깝게도 예상은 빗나가지 않았다. 입사한 지 한 달이 채 되지 않아 행정업무를 하던 같은 팀 연구원이 인수인계도 제대로 하지 않은 채 급하게 퇴사를 하게 된 것이다. 새 직원이 입사하기 전까지 아직 큰 파이의 업무를 맡지 않은 내가 행정 업무를 주로 담당해야 한다고 했다. 연구 행정의 경험도 없는 내가 국가단위 사업의 행정 업무를 도맡아 처리해야 하는 상황이 도무지 받아들여지지 않았지만 어쩔 수 없었다. 누군가는 해야 하니까. 부딪혀야 했다. 박사학위까지 마치고 내 전공을 살려 업무를 진행할 수 없다는 사실이 가장 당황스럽게 느껴졌다(물론 시간이 지난 지금은 연구 행정에 대한 계산과 처리가 빨라진 점이 득이 되었다고 느끼지만…).

연구행정 업무가 익숙해질 때 즈음 신입 학사연구원이 입사했다. 그 또한 행정 관련 전공자가 아니었다. 영문도 모른 채 입사한 신입선생님은 의지보조기학을 전공하여 행정 담당 연구원이 되었다. 이상에 어긋나는 상황들의 연속이었다. 행정 전공자를 뽑지 않는 이유는 일당백을 해야 하는 이유에서인 것 같았다. 분명 효율적인 흐름은 아닌 듯했다. 배움과 발전을 이루기는 했으나 이는 절절한 난항 속 부딪힘의 결과일 뿐이었다. 이처럼 네임벨류나 병상수가 배움과 발전의 모든 바탕이 되어 주지는 않는다는 점을 꼭 숙지해 두었으면 좋겠다.

배움과 발전은 현실을 걸어가는 나의 행보로부터 오는 것이다. 이상에 대한 그릇된 기대가 그대의 행보를 긴 시간 늦추거나 어지럽히지 않았으면 좋겠다.

그대들의 고민으로부터

연구원

"연구원의 업무와 연구원을 하시며
가장 기억에 남는 일은 무엇이었나요?"

연구원은 말 그대로 연구개발 업무를 하는 사람이다. 연구주제와 주요 담당 업무에 따라 개인이 수행하는 업무가 크게 다를 수 있으므로 업무를 특정하기는 어려울 것 같다. 박사급 연구원으로 연구소에서 근무하며 내가 진행한 업무들을 간략히 소개하자면 아래와 같다.

1) 중증장애인(척수손상, 근육병 등) 면담, 평가 등을 통한 현장실증
2) 임상시험을 위한 IRB(Institutional Review Board) 승인 서류 준비 및 진행

3) 학회 등록 및 연구포스터 제출·발표

4) 용역 운영, 장비 및 재료 구매 등을 위한 연구비 관리

5) 제품 사용성 평가

6) Observer XT를 활용한 행동 분석

7) 돌봄 로봇 활용가이드라인 개발

8) 워킹그룹 운영 등

모든 결과물을 자기소개서에 가치 있게 녹여낼 수 있을 만큼 기억에 남지만 '가장 기억에 남는 일'을 꼽자면 '워킹그룹의 퍼실리테이터(facilitator)로 소통을 이끌어 간 경험'을 꼽을 수 있을 것 같다. 회의 기법을 한 번도 배운 경험이 없는 나로서 9명의 전문가와 1명의 척수손상환자(이하 김영기 님(가명)')를 모시고 회의를 진행하는 일이 무척이나 부담스럽게 느껴졌다. 사실 피하고 싶은 역할이기도 했다.

회의 주제는 '식사 보조 로봇의 문제점 파악, 개발 방향 설정'이었으며, 소통이 편향되는 상황을 막기 위해 '브레인 라이팅(아이디어 창출 기법 중 하나)' 기법을 일부 활용했다. 먼저 회

의참여자 10명에게 회의 주제를 설명하고 포스트잇을 배포하여 의견을 작성한 후 이젤패드에 붙이도록 안내하였다(사지마비이신 김영기 님의 의견은 구두로 듣고 대필을 해 드렸다). 이후 10명의 답변을 그룹화(groping)하여 상반된 의견을 제시한 양쪽 그룹이 최소한의 교집합을 만들어 낼 수 있도록 구두로 의견을 듣고 소통을 이끌어 나갔다.

활발한 소통을 나누고 있던 찰나 나의 눈에 주저하는 모습의 김영기 님이 보였다. 이전 몇 번의 만남을 통해 라포를 쌓았던 그가 주저하는 모습을 보는 순간 나의 역할 수행에 부재가 있음을 느꼈다. 마비로 호흡이 편안하지 못한 그가 구두 의견을 제시하기 힘들다는 사실을 놓쳐 버린 것이다. 타이밍을 맞춰 김영기 님의 눈을 바라보며 말했다. "제품의 최종 사용자(end user)이신 김영기 님의 의견을 들어 볼까요?" 김영기 님은 나의 눈을 보며 고개를 끄덕이셨다.

100명이 넘는 인원이 테이블을 나눠 회의를 하고 있었던 터라 김영기 님의 호흡 상태로 우리 테이블에 있는 참여자들에게 의견을 전달하기는 쉽지 않을 것이라 생각되었다. 퍼실리테이터의 자리가 따로 배정되어 있었지만 양해를 구하고 김영기 님의 옆으로 자리를 옮겼다.

"김영기 님, 제가 이야기 듣고 다른 분들에게 전달 드려도 될까요?"

"(웃으며) 네, 감사하죠."

"한 문장 말씀해 주시고 잠시 시간을 내어 주시면 제가 큰 목소리로 전달할게요!"

"그러지요."

김영기 님의 발언 후 나머지 참여자들은 '우리가 냈던 의견에 비할 수 없을 만큼 소중한 의견이다. end user의 의견만큼 귀 기울여야 하는 것은 없으니 내용을 비중 있게 반영해 달라'며 박수를 보냈다. 회의가 끝나고 내용을 정리 중인 내 옆으로 김영기 님이 다가오셨다.

"오늘 신경 써 주셔서 고맙습니다. 덕분에 속이 시원하네요."

그대들의 고민으로부터

"별 말씀을요! 좋은 의견 많이 내주셔서 제가 더 고맙습니다."

환한 웃음을 띠고 집으로 돌아가는 그를 보며 그간 겪어낸 나의 과정들이 필수불가결한 순간들이었음을 온몸으로 느낄 수 있었다. '기억에 남는 일'의 축적으로 앞, 뒤, 좌, 우를 꼼꼼히 살피며 걸어갈 수 있다는 것은 더할 나위 없는 행복인 것 같다.

워라밸

"워라밸을 유지하며 일하기 위해서는 어떻게 해야 할까요?"

번아웃을 경험하기 전까지 나는 일(work)과 삶(life)이 일심
동체를 이루는 삶을 살았다. 그것이 잘 사는 것이고, 멋지게
사는 것이라 생각했다. 하지만 틀렸다. work와 life가 일심
동체를 이루는 삶은 나의 삶을 철저히 무시하는 행위였다.
나를 배려하지 못한 삶이었다.

work와 life의 분리는 신체적 건강과 정신적 건강, 그리고
최선을 다해 달리는 나를 무너지지 않게 보살피기 위한 최
소한의 필수 요건이다. work와 life가 하나로 묶여 있을 때
우리는 '휴식'을 '나태'로 정의하고 나를 위한 자그마한 휴식

공간조차 자투리 업무 공간으로 탈바꿈시킨다.

　워라밸(Work and Life Balance)을 유지하기 위해 가장 중요한
것은 '공간의 분리'이다. 업무 공간 내에서는 업무를, 휴식 공
간 내에서는 휴식을 취해야 한다. 지극히 당연한 일이지만
이를 간과하는 경우가 많다. '업무 공간=집(휴식공간)'이 되는
것만큼 효율적이지 못한 일은 없다.

　당장은 집을 일의 연장 공간으로 만드는 일이 업무 시간
확보와 많은 업무량을 처리하는 데 유용한 듯 보이지만 이
는 딱히 질 높은 소득이 없는 일이다. '나는 집에서도 일을
한다.'라는 합리화의 수단이며, 일을 붙잡고 있음으로 인한
푸념만 늘어나는 일이다. 물론 시간에 쫓겨 어쩔 수 없이 공
간의 분리를 이룰 수 없는 상황이 있다. 어떠한 상황에서든
예외는 있겠지만 집을 업무의 연장 공간으로 사용하는 일이
반복된다면 워라밸과 삶의 질은 당연하다는 듯 수직하강할
것이다.

내가 가장 효율적으로 살지 못했던 때는 2018년이다. 그 당시 나름의 공간 분리를 위해 복층 오피스텔을 구했다. 1층에는 화장실, 옷장, 부엌, 자그마한 거실이 있었고, 2층에는 침대와 컴퓨터가 놓여 있었다. 침실과 업무공간을 분리하지 않았던 점이 가장 큰 실수였다. 침대에 누워서도 온통 일 걱정뿐이었다. 일 걱정에 잠 못 이루기에 아주 적합한 공간이었다.

'왜 나는 잠자리에 들면서도 일 생각을 해야 할까?'

불면과 부정적인 감정의 연속은 나의 정신적 건강을 갈기 갈기 찢어 놓았다. 철저히 무너진 워라밸 속에 인생에서 손 꼽을 만한 흔들림을 맞이했고, 마음을 바로 잡는 데 제법 오랜 시간이 걸렸다. 이후 '업무 공간 이외의 공간에서는 나만의 시간을 가질 것'이라는 규칙을 만들었다. 공간과 시간을 적절히 분리하는 것만으로 워라밸은 조화롭게 유지되었다.

퇴근 후 맛집 탐방하기, 예쁜 카페 가기, 노래 들으며 걷기, 친구 만나기, 독서하기, 영화보기 등 거창하지 않은 일상적인 것들을 맘껏 누렸다. 적절한 보상 시간이 주어짐으로써 업무에 대한 열정도 불타올랐다. 하루 종일 일에 매진했던 때보다 질 높은 결과물들이 단 시간 내에 도출되었다.

어찌 보면 당연한 결과였다. 당연한 일들을 지켜 가며 나를 배려하는 일, 그것만큼 현명한 일이 또 있을까 싶다.

PART 5

작업의 균형

단단히 뿌리 내린 나무에 균형 잡힌 가지와 열매는 어찌 보면
당연하다 싶은 아름다움을 선물한다.
그 아름다움 속에 보이는 선명한 좌표가
현명한 선택의 방향을 제시해 줄 것이라 확신한다.

진로고민

"8년차 작업치료사입니다. 잠시 다른 일을 하다
작업치료사로 복직하려 하는데 진로가 고민되네요.
어느 쪽으로 취직을 하면 좋을까요?"

여전히 '어떤 일을 진심으로 좋아하는가?', '어떤 일을 잘할
수 있는가?', '현재의 환경과 상황에 어떤 일이 가장 적합한
가?', '이 일을 통해 얻을 수 있는 것은 무엇인가?'에 대해 고
민하곤 한다. 질문에 대한 나름대로의 답변을 빈 종이에 써
내려가다 보면 희미한 가닥들이 점차 짙어진다.

20대 초반에는 '무엇을 얻을 수 있는가?'라는 질문에 대한
답변의 열매를 다는 데 급급했다. 성공과 성취에 편향된 짙
은 가닥이 나에게 이로울 리 없었다. 좋아하는 것과 잘할 수
있는 것, 그리고 나의 환경과 상황을 고려하는 일은 사치이

고, 변명이라 오판했다. '닥치는 대로 얻을 수만 있다면'이라는 전제는 옅어질 대로 옅어진 나의 정체성을 송두리째 흔들었다.

성공과 성취에 대한 중독은 어느 순간 내 속을 갉아 먹는 해충이 되어 있었다. 방제할 때를 놓친 대가로 의도치 않은 공백의 시간을 두 차례나 가지게 되었다. 예상치도 못했던 타이밍에 맞이한 공백 속에서 '독립적 존재로서의 나'와 마주하게 되었다.

'좋아하는 것을 할 때', '좋아하는 것을 잘할 수 있을 때', '좋아하는 것을 현재의 환경과 상황에 맞추어 잘할 수 있을 때'라야 비로소 독립적 존재로서의 내가 의미 있고, 가치 있게 빛나는구나. 크게 에둘러 찾아 온 길이 현명한 어른으로 걸어갈 수 있는 지름길을 마련해 준 것만 같아 감사한 마음이 들었다.

30대 초반인 지금은 어떠한 일을 시작하기 전 '그 일을 진심으로 좋아하는가?'라는 질문에 대한 답변의 열매를 비중 있게 달아 준다. 그다음 '그 일을 잘할 수 있는가?', '현재의 환경과 상황에 그 일이 가장 적합한가?', '그 일을 통해 얻을 수 있는 것은 무엇인가?'라는 질문에 대한 답변의 열매를 고루고루 달아 준다. 그리고는 한 발짝 떨어진 곳에서 나무의 균형을 꼼꼼히 살핀다.

단단히 뿌리 내린 나무에 균형 잡힌 가지와 열매는 어찌 보면 당연하다싶은 아름다움을 선물한다. 그 아름다움 속에 보이는 선명한 좌표가 현명한 선택의 방향을 제시해 줄 것 이라 확신한다.

적응

─────

"치매안심센터에 근무 중인 작업치료사입니다.

학부생 때 배운 경험이 없는 서류 업무를 하려니 갈피를 못 잡겠습니다.

한 문장 작성하는 데도 시간이 너무 오래 걸립니다.

빨리 적응할 수 있는 방법이 있을까요?"

작업치료(학)과의 교육과정은 대체로 작업치료 임상 취업을 위한 전공과목으로 구성되어 있다. 교양과목 또한 작업치료 임상 환경에서 응용할 수 있도록 구성되어 임상 외 공공기관, 센터, 시설 등에 취업하는 작업치료사들은 업무에 적응하는 데 오랜 시간이 걸린다. 나 또한 예외는 아니었다.

공공기관 연구소에 취직하여 처음 부딪힌 난관은 공문 작성이었다. 학부생 때부터 박사학위를 취득할 때까지 공문이라는 문서를 작성하는 방법을 배운 적도 없으며, 훑어본 경험도 없었다. 공문에서 주로 사용하는 단어와 문장 구성도 매우 생소하여 적응하는 과정 동안 어려움을 겪었다. 다행히 같은 과 혹은 팀에서 작성한 공문들을 공유 폴더를 통해 살펴볼 수 있어 비슷한 내용을 카피한 후 수정하는 방법으로 몇 차례 위기를 모면했다.

공문은 대개 내부에서 관리하는 내부공문, 외부로 발송하는 외부발송공문, 외부에서 내부로 들어오는 접수공문으로 나뉜다(기관마다 사용하는 명칭은 다를 수 있다).

내부공문은 실수하더라도 언제든 수정공문을 작성할 수 있어 큰 문제가 되지 않지만, 외부공문은 100개가 넘는 기관에 발송하는 경우도 부지기수라 특히 날짜, 신청방법 등에 오류가 발생할 경우 뒤처리에 크나큰 어려움을 겪게 된다.

공문 상신 후 두세 차례의 결재라인을 통해 검토 및 전결 과정을 거치지만 결과적으로 공문에 문제가 발생했을 경우 공문을 상신한 말단 직원이 모든 책임을 짊어져야 하는 경우가 대부분이다. 따라서 공문을 상신하기 전 개인적으로 수십 번의 검토과정을 거치는 것이 안전하다.

　서류 업무에서의 난관은 공문 작성뿐만이 아니었다. 연구비, 사업비 등을 지출하기 위해서는 비목과 세목에 맞추어 코드 및 내용을 작성하고 품의서를 상신해야 하는데 비목·세목의 종류를 눈에 익히고 이해하는 일도 쉽지 않았다. 매번 비슷한 서류를 반복해서 작성하는데도 한 건 한 건을 결재받을 때마다 '실수하진 않았을까?'라는 마음에 불안을 감출 수 없었다. 실수하는 것을 워낙 싫어하고, 쓴소리를 듣는 일이 여전히 익숙지 않았던 터라 불안한 마음만큼 서류를 검토하고 또 검토했다. 잉여 시간이 생길 때마다 다른 선생님들이 작성하신 공문 및 품의 파일을 꼼꼼히 들여다보기도 했다.

　업무 적응 속도가 빠른 편에 속하는데도 불구하고 2~3개월 정도의 적응 기간이 필요했다. 도무지 꾀를 부려 편하게 할 수 있는 방법은 떠오르지 않았다. 서류 업무를 잘할 수 있는 방법은 많이 보고, 많이 작성해 보는 방법밖에 없다는 생각이 들었다(이 생각은 아직도 변함이 없다).

반복을 통한 습득이 최고의 노하우가 되겠지만 작업치료사들의 영역이 무한히 넓혀지고 있는 이 시점에서 교양과목을 통해서라도 각종 서류의 형태를 살펴보고 작성해 볼 수 있는 시간이 주어졌으면 좋겠다. '대학'이라는 공간이 우리의 역량을 조금 더 넓고 크게 펼칠 수 있는 교육과정을 구축할 수 있기를, 기회의 문만큼 조건을 갖추어 앞으로 나아갈 수 있는 바탕이 되어 주기를 기대하고 또 기대한다.

그대들의 고민으로부터

인연

―――――――

"지금보다 더 높은 페이를 받고 이직할 수 있는 기회가 생겼는데
지금 직장만큼 좋은 선생님들과 일할 수 있을지 의문이에요.
어떤 선택을 해야 후회를 안 할까요?"

어떠한 선택을 위해 포기해야만 하는 무언가가 사람들 간의 인연이라면 과연 우리의 선택이 최대의 가치로 여겨질 수 있을까? 또 다른 선택의 끝에도 여러 인연들이 우리를 기다리고 있겠지만 그 때 그 시절을 함께한 인연만큼 끈끈한 인연이 될지는 두고 봐야 할 일이다.

첫 직장에서 이직할 무렵 내가 속한 작업치료실에는 총 6명의 작업치료사가 근무하고 있었다. 우리에게는 우리를 아주 끈끈하게 엮어 줄 공통점이 하나 있었다. 그것은 6명 모두가 사회생활을 처음 시작하는 '첫 직장'이라는 것이었다.

나에게 처음인 것은 그들에게도 처음이었고, 그들에게 처음인 것은 나에게도 처음이었다. 우리가 공유한 처음은 아마 수십 개, 수백 개쯤 될 것이다.

우리는 추억도 참 많았다. 그중 가장 강렬한 추억은 '먹는 것'에 대한 추억이다. 다들 입맛이 참 비슷했고, 누구 하나 먹성도 뒤처지지 않아 한 번은 6명이서 삼겹살 18인분을 먹는 기록을 세운 적도 있다(사실 후식으로 냉면도 먹었다).

하루 일과가 시작됨과 동시에 우리는 "점심 때 뭐 먹을래?"를 주제로 토론을 시작했다. 매일매일 스펙타클한 점심시간이었다. 집에서 뒹굴거리는 라면포트를 가져와 매운 닭발과 똥집을 볶아 먹기도 하고, 각자 준비해 온 재료를 토핑하여 전자렌지로 또띠아 피자를 만들어 먹기도 했다. 또 근처에 있는 메타세콰이어 길 주변에 돗자리를 펴고 피크닉을 즐기기도 했다.

지루할 틈 없는 행복한 생활이었다. 마치 학창시절로 돌아간 것만 같았다. 6명이 머리만 맞대면 "우리끼리 평생 이렇게 일할 수 있으면 진짜 좋겠다."라고 말하곤 했다. 하지만 우리의 바람은 나의 이직을 기점으로 산산이 부서져 버렸다.

커리어를 선택함으로써 포기해야 하는 기회비용치고는 너무 규모가 컸다. 아마 그때 나의 선택이 그 자리에 머무는 것이었다면 우리는 여전히 한 자리에 함께 하고 있을지도 모르겠다. 시간을 되돌릴 수 있다면 그 자리에 머무는 것을 한번 택해 보고 싶다. 어떤 과정으로 현재에 도달했을지 확신할 순 없지만 6명 모두가 조금 덜 굴곡진 인생그래프를 그릴 수 있었을 것 같다.

여러 굴곡을 통해 어지간히 당차고 단단한 모양으로 살아가고 있다. 그런데 어째서인지 요즘은 유들유들한 모양이 참 예뻐 보인다. 나이가 들어감에 따라 나의 선택은 더욱 둥그스름해질 것 같다. 각을 높이 세울수록 멀어지는 반대편을 감당할 이유도, 의미도 크지 않다고 생각하기 때문이다.

스릴 넘치게 요동치는 파도를 경험했다면, 잔잔한 파도 속에서 여유를 즐기는 시간도 적잖이 필요하지 않을까 싶다.

온전한 휴식

"청년 내일채움공제 만기 후 잠시 휴식 시간을 가지려 합니다.
온전히 저를 위한 휴식시간을 갖고 싶은데 무엇을 하면 좋을까요?"

2세 계획으로 다니던 직장을 정리했다. 직장생활을 시작한 이후 처음으로 맞이한 자발적 휴식시간이다. 휴식은 현재진행형인 상태다.

백수 1주차
차량 점검, 은행 업무, 치과 스케일링 등 그간 시간이 없다며 미뤄 왔던 일들을 느긋하게 처리할 수 있어 좋았다.

백수 2~3주차
시간에 구애받지 않고 소중한 사람들을 양껏 만날 수 있어 좋았다.

백수 4주차
대학 특강을 의뢰 받아 강의 자료를 준비하고 2~3학년 작업
치료과 재학생들과 의미 있는 소통을 나눌 수 있어 좋았다.

백수가 된 지 한 달이 지나고 나니 나의 몸은 언제 일한 적이 있냐는 듯 아주 깊고 깊게 이완되었다. 백수의 하루는 지극히 규칙적으로 흘러간다. 일단 아침에 일어나면 남편과 함께 간단하게 아침식사를 한다. 아침식사 메뉴는 별 것 없다. 밥그릇에 시리얼을 듬뿍 부어 우유를 말아 먹거나 꾸덕한 플레인 요거트에 블루베리를 잔뜩 넣고 비벼 먹는다. 가볍지만 깔끔하고 기분 좋게 배가 찬다.

남편이 출근을 하고 나면 모닝뉴스를 틀어 놓고 슬슬 집안일을 한다. 바닥 청소, 빨래, 설거지 등등… 알 만한 사람은 다 알 만큼 '청소광'이기에 집안일을 하는 것이 싫지 않다. 아니, 좋다. 주변 환경이 쾌적한 만큼 몸과 마음이 쾌적해지는 느낌이라 청소라는 작업을 굉장히 좋아하는 것 같다. 나의 몇 안 되는 좋은 습관 중 하나이다.

　　　　　　　　그대들의 고민으로부터

청소를 마치고 나면 '작업치료 고민상담소' 인스타그램 계정에 작업치료사 선생님 혹은 작업치료(학)과 학생들과의 질의응답 내용, 작업치료 관련 뉴스, 작업치료 관련 최신 논문 등 게시물을 업로드한다. 그리고는 잠깐의 휴식시간을 갖는다. 창밖을 보며 멍 때리기, 별다방 실시간 BGM 들으며 소파에 누워 있기, 유튜브 보며 요가하기 등 이것저것을 하다 보면 금세 배꼽시계가 울린다.

네모난 원목 트레이에 밥과 국을 준비하고 상시 대기 중인 반찬 두세 가지를 함께 곁들여 점심식사를 한다. 사실 대충 먹을 수도 있지만 왠지 모르게 혼밥은 더 잘 차려 먹고 싶다. 근사하게 나를 대접해 주고 나면 본격적으로 기분 좋은 오후가 시작된다. 오후시간만 되면 완벽한 백수가 되지 못한 사람처럼 무언가를 마셔야만 할 것 같은 느낌이 든다(9년간의 직장생활로 점심 커피 타임이 몸에 제대로 밴 것 같다).

커피포트에 물을 끓이며 선물 받은 14가지 종류의 티를 꼼꼼히 살핀 후 마음에 드는 티를 골라 적당히 우려 마신다.

최근 마신 티 중 가장 좋았던 티는 '제주 동백꽃 티'였다. 향긋한 향을 깊게 들이마시면 절로 고개를 끄덕이게 된다.

역마살이 잔뜩 낀 스타일이라 몇 시간만 앉아 있어도 엉덩이가 들썩들썩거린다. 하루 최소 30분 이상 걷는 것이 내 몸에 대한 최소한의 예의라 생각하여 가벼운 옷차림을 하고 집 밖을 나선다. 석남천을 낀 긴 산책로를 따라 왕복 3~4km를 걸으며 김동률의 노래를 듣는다. '감사', '다시 사랑한다 말할까', '출발', '동행' 등 365일 들어도 매일 명곡인 노래를 들으며 귀를 호강시켜 준다.

힐링을 마치고 집으로 돌아오면 소파에 앉아 소파테이블을 몸 쪽으로 바싹 당긴 후 맥북을 켠다. 그리고 시간에 제한을 두지 않고 글을 쓴다. 대단하지 않은 글 솜씨로 이런저런 기록을 남긴 지도 벌써 10년 이상 된 것 같다. 가끔 지나치게 센치한 내가 말로 표현하지 못하는 것들을 내뱉는 유일한 수단인 듯하다.

그대들의 고민으로부터

글을 쓰고 나면 어느새 날이 어두워진다. 노트북을 덮고 하루의 잔해들을 정리하다 보면 현관문 비밀번호를 누르는 소리가 들린다. 퇴근한 남편을 반갑게 맞이한다. 각자 오늘 하루 있었던 일을 재잘재잘 풀어낸다. 지나치게 평화로운 나의 하루가 또 부지런히 내일을 맞이할 준비를 한다.

나에게 맞는 옷을 입고, 과히 편안한 하루를 보내었다 생각이 든다면 그것이야말로 최고의 휴식!

인생 제2막

"아이를 출산하고 2년 정도 일을 쉬었습니다.
다시 잘할 수 있을지 용기가 나지 않네요. 저 잘할 수 있을까요?"

결혼을 하고서도 선뜻 용기가 나지 않았다. 한 아이의 엄마가 된다는 것이 얼마나 많은 희생과 수고를 필요로 하는 일인지 가늠조차 어려웠기 때문이다.

소아치료를 하며 '아이를 출산하게 될 경우 모든 일을 중지하고 성장 및 발달에 지대한 영향을 미치는 3년 동안은 아이에게 올인할 것'이라는 다짐을 했다. 결혼 이후 그 다짐만큼은 어떠한 일이 있어도 꼭 지켜내고 싶었다. 다짐을 지켜 내기 위해서는 3년간의 경력 단절이 필수적이었다. 아이를 갖는다는 것에 대해 선뜻 용기가 나지 않았던 까닭은 아마도 일에 대한 욕심을 완전히 버리지 못했던 탓이었던 것 같다.

그간 쌓아왔던 연구실적의 대부분이 작년을 기준으로 교수임용 점수에 반영될 수 있는 시기를 넘어섰다. 미련의 요소들이 완벽히 정리된 이후에야 여러 종류의 욕심들을 마음 담아 내려놓을 수 있었다.

피, 땀, 눈물이 고스란히 담겨 있는 커리어들이 안개 속으로 사라지는 기간 동안 적지 않은 내면의 혼란이 있었다. 묵묵히 응원하며 지켜 준 남편이 없었다면 또 한 번 갈 곳을 잃었을지도 모르겠다.

연애시절부터 남편은 식당이나 길거리에서 아이들만 보면 귀여워 어쩔 줄 몰라 했다. 결혼 이후에는 산책길에 유모차만 보면 "나만 차가 없네, 유모차!"라며 앙탈을 부렸다. 문득 그때의 애교스러운 행동들이 떠오를 때면 괜스레 웃음이 난다.

남편을 만나고 내 속에 있던 날카로운 것들이 많이 무뎌졌다. 결혼생활을 하며 단 한 번의 다툼도 없었다는 것은 여전히 기분 좋은 미스테리이다. 서로 얼굴 붉히는 일이 없다 보니 서로에게 상처가 되는 말을 한다는 것 자체가 상상이 가지 않는다. 남편과 함께라면 좋은 부모가 될 수 있을 것이란 확신과 용기가 생긴다.

올해 들어 우리는 부모가 되기로 결심했다. 4개월간의 노력 끝에 작디작은 생명과 마주할 수 있었다. 단조로운 두 줄의 선이 선물해 준 그 날의 감동은 이루 말로 표현할 방법이 없다. 그간 오늘을 미뤄왔던 날들이 새삼 부질없이 느껴졌다. 태어나 처음 경험하는 설렘과 행복감에 온 세상이 빛나는 듯 했다.

스트레스가 최고의 악이라며 의사선생님은 나에게 안정을 신신당부 하셨다. 작은 일에도 큰 책임을 느끼는 타입이라 번외로 진행하던 일들을 정리하기로 마음먹었다. 좋은 사람들과 흥미를 느끼며 추진하던 일들이라 꾸준히 활동을 이어나가고 싶었지만 그간 두 마리 토끼를 잡지 못해 화를 크게 당한 경험이 있었기에 욕심내고 싶지 않았다. 아니, 욕심내기 두려웠다. 복귀 후 더 많은 일들을 함께 할 수 있는 인연일 것이란 믿음을 가지고 아쉬움은 잠시 묻어 두기로 했다.

우리 부부에게도 소중한 새 생명이 찾아왔다.

2주 전 아이의 심장소리를 들었을 때 태어나 한 번도 경험하지 못했던 또 다른 종류의 행복감을 느꼈다. 여태껏 살아오며 느껴 온 수많은 감정들이 참으로 소소하게 느껴진다. 이따금씩 내 속에 또 다른 심장이 뛰고 있다는 생각을 하면 가슴이 벅차오른다.

조심스럽고 또 조심스럽다.

과거의 내가 나를 조금 더 간절히 보살펴야 했던 이유를 깨닫는다. 용기 내어 잠시 멈춘 발걸음에도 후한 칭찬의 한마디를 건넨다. 끝을 예상할 수 없는 휴식을 통해 가득 채워진 어른으로, 편안하고 건강하게 아이를 보듬어낼 수 있는 엄마로 거듭날 수 있기를 기대해 본다.

> 남편이 내게 준 자상함과 따뜻함을 바탕으로 일찍이 우리
> 가족의 화목을 그려 본다.
>
> — 새 생명을 품은 지 9주차, 2021. 6. 8.

사실 앞으로 살아가며 어떤 이벤트들을 마주하게 될지 나도 잘 모르겠다. 하지만 확실한 하나는 당면한 과제를 큰 흔들림 없이 잘 해결할 수 있을 것이라는 점이다.

남편을 만나 혼자 헤쳐 나가기 힘들었던 굽은 길을 무난히 걸어온 것처럼 내 양손에 꼭 쥔 두 존재와 함께라면 그 어떤 난관도 어렵지 않게 헤쳐 나갈 수 있을 것만 같다.

인생 제2막, 시작이 좋다.

그대들의
고민으로부터

ⓒ 박수향, 2021

초판 1쇄 발행 2021년 9월 10일

지은이   박수향
펴낸이   이기봉
편집   좋은땅 편집팀
펴낸곳   도서출판 좋은땅
주소   서울 마포구 성지길 25 보광빌딩 2층
전화   02)374-8616~7
팩스   02)374-8614
이메일   gworldbook@naver.com
홈페이지   www.g-world.co.kr

ISBN   979-11-388-0176-8 (03810)